私の頭が正常であったなら

山白朝子

角川文庫
22506

目次

世界で一番、みじかい小説

一

中央線沿線のマンションで家内と二人暮らしをしているのだが、先日から三人目の人影を部屋で見かけるようになった。たとえば僕がソファーに座って読書をしているとき、視界の端にだれかが立っている。家内だとおもって気にしないでいると、洗面所の方から家内がやってくる。じゃあさっきのはだれだ？　顔をあげてあらためて確認すると、もうそこにはだれもいなかったが、たしかに人がいたようにおもうのだ。

深夜に目が覚めたときのこと、家内を起こさないようにベッドを抜け出し、トイレへむかっていると、廊下の先の暗がりにだれかが立っているような気がした。見なかったふりをしてトイレで用を足し、手をあらってもどる途中、やはり気になってそちらに目をやると、さきほどよりもはっきりと廊下の暗がりにだれかがいるとわかる。

ちかづいてそいつの正体を確認すればよかったのだが、僕はこわくなって寝室に駆けこみ、布団をかぶってふるえていることしかできない。

つかれているのだろうか。あるいは心の病気なのかもしれない。何らかのストレスが精神状態に負荷をあたえているのではないか。仕事はそれなりにいそがしいものの、職場の人間関係は良好だ。夫婦仲も問題ない。結婚三年目で、まだ子どもはおらず、家内は美人だ。結婚式に来てくれた友人から、うらやましがられたほどに。彼女のことで気になるところと言えば、性格がクールすぎることだろう。

「最近、部屋にいると、おかしなものを見るんだ」

ソファーで眉間《みけん》をもみほぐしながらため息をつく。仕事を終えて帰宅した直後だった。カウンターキッチンのむこうで夕飯の支度をしながら、千冬《ちふゆ》が返事をした。

「うん、私も見る。何日か前から、男の人を。部屋の掃除をしていると、隅っこに立ってた」

料理が盛り付けられた皿をテーブルにはこぶ。彼女は冷静そのもので、おびえている様子はないから、おどろいてしまった。それが見えるのは自分だけだとおもいこんでいた。

夕飯を食べながら情報を共有する。彼女は僕と似たような体験をしていた。

「夜中にね、廊下の奥の暗がりに、だれかが立っていたから、ちかづいてみた。中年

の男の人だった。よく見ようとさらに何歩かちかづいたら、消えた」

　千冬は物憂げな表情をよくする。瞼《まぶた》を伏せ気味にして、表情を変えずに話す。感情が表に出にくいタイプなので、初対面の人は、彼女がいつも何かおもいつめているのではないかと心配する。だけどつきあいが長くなるとわかる。彼女が物憂げな表情をしているときは、おなかがすいているのだ。しかし、よく見ようとしてちかづいてみるだなんて。同じ状況で自分が寝室に逃げ帰ったことはだまっておく。

「僕が見たのと、きみが見たのは、おなじものかな？」

「たぶんね」

「何だったんだろう」

「幽霊じゃないかな」

　僕はおもわず立ち上がる。椅子が倒れて騒々しい音をたててしまった。彼女が食事の手をとめてこちらを見上げる。すいこまれてしまいそうな瞳《ひとみ》だ。すこしだけ冷静になり、椅子をおこして食事を再開する。本日の夕飯は筑前煮《ちくぜんに》と味噌汁《みそしる》と刺身だ。

「幽霊なんて、千冬は信じてないとおもってた。だって理系でしょう」

　彼女は理工学系の大学を卒業している。僕が通っていたところよりも偏差値の高い学校だ。新卒で大企業に就職したが、人間関係のわずらわしさを感じていたらしく、結婚を機にやめている。今の僕の給料よりも、当時の彼女の給料のほうが高かったの

に。

「理系かどうかは関係ない。見えてしまったものを否定はできないから。うん、おいしい」

　筑前煮の筍《たけのこ》を食べながら彼女はうなずく。幽霊か。これはこまった。腕組みをしたり、ため息をついたりしていると、彼女が不思議そうな顔をする。

「どうかした？」

「どうかするよ！　だって、こわいでしょう！　幽霊だよ！　こんなの、はじめてだよ！」

「落ちついて。ただの心霊現象だから。私も幽霊を見るのは、はじめてだったけど、現実を受け止めなくては……」

　千冬は話の途中で、ちらりと僕の背後に目をやる。しかしすぐに、何事もなかったように目をそらし、筑前煮を箸《はし》でつまむ。いやな予感がした。さきほど彼女が見ていた先を、ふり返って確認する。

　部屋の隅に男が立っていた。室内は蛍光灯によって照らされているのに、そこだけ妙にうす暗く感じられる。輪郭は曖昧《あいまい》で、風が吹けばちりぢりになってしまいそうな見え方だ。そいつは壁に鼻先をくっつけるように立っていたので顔は見えない。すこしだけ猫背だ。鼠色の背広に身を包み、革靴を履いている。頭髪は若干、うすい。そ

して後頭部の形が変だ。ぐにゃりと歪《いびつ》にへこんで見える。

　家内と二人きりで暮らしていたはずの部屋に、三人目の何者かが無言でたたずんでいるというのは異様だ。不気味さに鳥肌が立つ。悲鳴が出るよりも先に胃の中のものがこみあげてきた。

　千冬の手が僕の手に重ねられる。彼女はテーブル越しに腕をのばしていた。彼女の手はひんやりとして鎮静作用があるらしい。部屋の隅に立っている男の背中と、彼女の顔とを交互に見ながら、僕は何度もあさくはやい呼吸をする。心臓が激しくうごいていた。みっともないことに涙がこみあげてきて、シャツの肩のあたりでそれを拭《ぬぐ》っているうちに、部屋の隅に立っていたそいつの背中が消えてなくなった。

　千冬が手を離し、立ち上がる。さっきまで男がいたあたりにちかづいて、壁を手のひらでなでたり、こぶしをつくってたたいてみたりする。屈《かが》みこんで、床を子細にながめる。

「かわった様子はない」

　千冬はそう言うと僕を見る。

「すこしだけあなたを疑ってた。私をおどろかせるために、壁に穴をあけてホログラフィーの装置を仕込んでいるんじゃないかって。どっきり企画なんじゃないかって。でも、そうじゃないみたいだね」

その後も僕たち夫婦は心霊現象に悩まされた。いや、千冬は平然としたものだったので、悩まされていたのは僕だけだったのだが。たとえば朝に目が覚めてふと横を見ると、ベッド脇に男が無言で立っていた。しらない男だ。顔に見覚えはない。悲鳴をあげて毛布をかぶってふるえているうちに、そいつはいつのまにか消える。お風呂《ふろ》に入っているときも、湯気のむこうにそいつの輪郭がうかびあがる。こちらが素っ裸なのに対し、そいつはいつもの背広姿だ。

「私がお風呂に入っているときも出た。浴室の隅に立ってた」

「なんだって、くそ、のぞきじゃないかそれ」

彼女が体を洗ったり、湯船であったまったりしているときも、ずっとそいつは直立不動でたたずんでいたというから気味が悪い。しかし、幽霊がそばにいるというのになぜ千冬は平気で入浴をつづけられるのか。

「ためしにシャワーでお湯をかけてみたんだけど」

「お湯をかけた⁉　危険じゃないのか⁉」

ちょっかいをかけたら、おそいかかってくるかもしれないではないか。

「気になるでしょう、幽霊の体にあたったシャワーのお湯が、どんな挙動を示すのか。たとえば体の表面にぶつかって服にしみこむのかどうか。結論から言うと、お湯は彼

の体を素通りして、そのむこうにある壁のタイルにあたった。そういえば腕時計のガラスもクリアーだった」

「腕時計？」

「彼、腕時計をしているでしょう」

そんなことに気付く余裕は今までなかった。彼女の観察によれば、そいつの左腕には銀色の腕時計がはまっており、そのガラスカバーの表面は、浴室のような湿気の多い場所でさえ曇ってはいなかったという。

「浴室にただよう水の分子は彼の体や身につけている装飾品をすり抜けているみたい。物理的な干渉はできないんだね」

「だけど、むこうからは、さわれるってこともあるかもしれない。『ゴースト』っていう映画でも、そうだったでしょう？」

死んでしまった主人公が幽霊となり、恋人を見守るという映画だ。幽霊は生者の世界に触れることはできず、扉も開けることができないため、壁をすり抜けて移動しなくてはいけない。しかし主人公は特訓して生者の世界に触れることができるようになるのだ。

「でも、うちの幽霊が特訓をつんでいるようには見えない。そういう意思があるようにも。私が裸で目の前を横切っても、彼はぼんやりとした表情のままだし、植物みた

いだよ。目はうつろで、何も見えてはいないみたい。それにしても、水の分子がすり抜けるのだとしたら、なぜあの人の革靴は濡《ぬ》れているのかな？」

幽霊は革靴を履いており、千冬の観察によると、その表面には濡れたような形跡があるという。

心霊現象は確実に僕の精神を蝕《むしば》んでいった。悪さはしなかったが、プライベートな空間にそいつが侵入すると、こちらは落ちつかない。ゴキブリの存在に似ている。そいつが部屋のどこかにいて、いつどんなときに現れるのかわからないという恐怖。食欲がわかなくなり、貧血でたおれそうになった。夜も眠れなくなり、睡眠不足で出勤しなくてはならない。会社で同僚に肩をたたかれただけで、悲鳴をあげてしまい、奇異の目をむけられてしまう。

そしてついにそいつは会社にまで出現するようになった。ある日、階段の踊り場に、そいつがひっそりとたたずんでいるのを見つけてしまったのである。鼠色の背広を着た見覚えのある中年男性だ。オフィスにも現れたが、同僚たちは彼に気付かない。僕以外には見えていないようだった。駅のホームにも彼は出る。行き交う人々にさえぎられた瞬間、そいつは姿を消した。休憩するために入った喫茶店にも彼はいる。クラシック音楽の流れるうす暗い店内に彼は無表情でたたずんでいた。いよいよ僕はまいってしまい、手がふるえるようになる。一人でいるとき、前触れもなく、涙が出てく

る。

ある朝、僕はたおれた。体が重く、熱もある。心因性発熱というやつだろう。千冬が看病してくれた。ベッドに横たわる僕の手に、彼女の手が重ねられる。ひんやりとした感触が心地よい。彼女は伏せ気味の目をしているせいで、長いまつげの影ができている。ぼんやりとした頭で、だれかに除霊を申し込んでみてはどうかとかんがえていた。霊力のあるだれか偉い人なら、御札や御神酒《おみき》などを使用して、あの幽霊を追いはらってくれるかもしれない。しかし妻は言った。

「まずは彼の出現パターンをしらべてみましょう。心霊現象の再発防止に取り組んでみるから」

二

千冬はパソコンで表計算ソフトを起動し、あの幽霊が出現した日時と場所をリスト化した。リストは二種類あり、片方は彼女の目撃記録、もう片方は僕の目撃記録である。あいつは千冬の外出先にも現れていたようだ。彼女が買い物に出かけた先や、ク

リーニング店の駐車場などにも彼は出没していた。

「そんな大事なこと、どうしてだまってたんだ」

「大事という認識がなかったから。彼、私たちにしか見えていないみたいね。どうして私たちにしか見えないのかな?」

「僕たちが取り憑《つ》かれているからだろ」

「取り憑かれてる?　それはどういう状態?」

「何らかの理由で、僕ときみにまとわりついてるってこと」

僕たち夫婦は、あの幽霊に執着されている。それが取り憑かれているという状態なのだと解釈した。問題はその理由だ。彼に執着される理由におもいあたるものがない。

ベッドで休んでいる僕のそばに、彼女は椅子をはこんできてこしかける。リスト化した目撃記録を印刷して二人でながめた。

「あなたがはじめてあの幽霊を目撃したのは、三月二十日の夜ね」

「ソファーで読書をしていたら、視界の隅にいたんだ。気のせいでなければ、彼だったんだろう」

「私がはじめて彼を見たのは、三月二十一日。夜中に起きたとき、彼は廊下に立っていた」

以来、二日か三日おきに出現している。僕と千冬のそれぞれに、ほぼ同じ回数。頻

度に目立った差はない。千冬はスケジュール帳を確認した。

「私たち、三月十九日に出かけてる」

　おもいだした。確かその日は休日で、電車で都心に出かけて映画を観たのだ。デパートで買い物をして、夜にレストランで食事をした。帰宅は夜遅かったと記憶している。

「その日のどこかで、取り憑かれたのかもしれない」

「他の日とはかんがえられないかな。たとえば、取り憑かれたのはもっと前の日だけど、僕たちが彼の出現に気付いていなかっただけかも」

「その前後で私たちがいっしょに行動しているのは三月十九日だけだよ」

　彼女はこうかんがえているようだ。幽霊は僕にだけ取り憑いているのでもなく、彼女にだけ取り憑いているのでもない。僕と千冬の両方の前に等しく現れる。僕と彼女が二人で行動している際、彼を引きつけてしまう何らかの出来事があったのかもしれない。その週、二人で外出しているのは三月十九日だけだ。

「二人同時に取り憑かれたという話は、あくまでも仮定。そうじゃなかった場合、別の日にまず最初に片方が取り憑かれてしまったのかもしれない。まずはどこかで私が取り憑かれて、家の中であなたに感染したのかも」

「風邪のウィルスみたいに？　職場の同僚はだれも感染していなかったみたいだから、

そう簡単に空気感染はしないとおもうけど」

そもそも相手は常識の通じない存在だ。ウィルス感染のような生理学的メカニズムで幽霊が取り憑いていくとはかぎらない。そういう偉大なホラー小説があったような気がするけれど、それとこれとは別だ。千冬は床に地図をひろげて、三月十九日の移動経路を蛍光ペンでマークしはじめる。長い黒髪が地図の上にまでたれさがった。僕はふたつのリストを見くらべる。

「出現時間が重なっているところはないみたいだね。たとえば、僕が会社で彼を目撃していた時間は、きみのところには現れてない」

「ありがたいよね、もしも両方のところに同時に出現していたら、二体に増殖してるってことだから。ところで今後の方針を決めましょう。まずひとつめ、ためしに三月十九日の行動をふりかえってみて、取り憑かれたきっかけを探してみたい。ふたつめ、あの幽霊が何者かを調査する」

幽霊として現れるということは、彼はすでに死んでいるはずだ。生前の彼は何者で、どこで暮らし、どのように死んだのかを把握しなくてはならない。

フィクションで聞きかじったにすぎないが、幽霊とは、この世に未練があって姿を見せるものらしい。彼の未練を正しく理解し、それを断ち切らせることが、心霊現象の再発防止につながるのではないかと僕たちは期待していた。

しばらく休むという連絡を会社にいれる。意外にやさしい声で、ゆっくり休めと言われた。上司や同僚たちは、最近、僕の様子がおかしいことに気付いていたのだろう。寝室で一人になり、三月十九日の出来事をおもいだしながらノートパソコンに書き出す。その日、映画を観に行こうと提案したのは僕だ。身支度を整えて昼過ぎに出発した。マンションから駅までは徒歩で十分ほどの距離である。出勤する際とおなじルートを通って駅までたどりつき、電車に乗り、映画館のある都心で午後を過ごした。まずは映画のチケットを購入して座席を確保。映画を観終わると、デパートに立ち寄り、千冬は靴を、僕は文房具を購入。千冬の選んだレストランで夕飯をとった。店内で撮影した白身魚のポワレの写真が、千冬のブログに掲載されている。

移動経路を再確認しながら、ルート上で過去に事件や事故が発生していないかを調査した。例えば僕たちは、しらないうちに事件や事故の現場を通りすぎていたのではないか。その場所で亡くなった方の霊を連れ帰ってしまったのではないか。しかし、目立った事件、事故の記録は見つからない。記事にならない程度の接触事故なら発生していただろうが、死亡事故のような深刻な記録はない。だれかが殺されたという陰惨な事件も起きてはいない。そもそも僕たちは、人通りのおおい場所しか通らなかった。不特定多数の通行人から、あの幽霊が、僕と千冬だけを選んで取り憑いたことの

明確な理由とは何だろう。

それにしても、霊が憑くに至る経路にはどのような種類があるのだろうか。ふと疑問に感じてリサーチを行う。オカルト系のホームページを参照し、心霊体験をつづった投稿をいくつか読んでみた。中には創作されたものもあったはずだが、幽霊が実際に見えてしまった僕には、どれもこれも現実にあった出来事のように感じられる。気付くと膨大な時間が過ぎていた。ひとつの体験談を読み終えると、さらにこわいものを求めて次の体験談を読みはじめてしまう。すでに読んだことのある話とおなじパターンになると興ざめしてしまうが、こわい話って、おもしろい。すっかり満喫しながら、霊が憑くに至る経緯《けいい》として、代表的なものをいくつか書き出してみた。

1、霊に対して失礼なことをして怒らせた場合。禁忌を破ってしまい、村に伝わる何かを壊したり、何かを見た際、心霊現象が人々におそいかかるようだ。

2、霊感のある人が周辺の浮遊霊を引き寄せてしまう場合。霊というものは本質的に孤独であり、だれかに話を聞いてもらいたがっているそうだ。霊感がある人は霊たちの声を聞くことができるらしく、霊から慕われるのだという。

3、心霊スポットへあそびに行き、そこで霊を連れ帰ってしまう場合。心霊スポットとは霊の集まりやすい場所のことであり、そこに足を踏み入れると憑かれる

可能性が高くなるのだろう。

４、御先祖様が何者かの恨みを買ったせいで末代まで怨霊《おんりょう》に憑かれている場合。

５、引っ越し先の部屋にそもそも霊がいる場合。

６、霊の憑いている品物を入手したせいで憑かれる場合。

ほかにもあるかもしれないが、ひとまずこれらを検討してみる。僕と千冬はどのケースにあてはまるだろう。三月十九日、何らかの禁忌を破っただろうか？　記憶にはないが、しらないうちにそれをやってしまったという可能性は除外できない。僕たちには霊感があり、霊を引き寄せてしまった？　可能性は低い。これまでの人生で霊の声なんて聞いたこともない。突然にその才能が発現したともかんがえられるけれど。心霊スポットに足を踏み入れたか？　いや、一般的な場所にしか行っていない。御先祖様の行いが関係している？　いや、心霊現象は僕と千冬の両方に発生する。どちらかの先祖が関係するなら、出現頻度はどちらかに偏るべきだ。この部屋にはじめから霊が憑いていた？　いや、このマンションに住み始めて三年目だが、最近になるまで出現しなかった。引っ越し当初から部屋に霊がいたとはかんがえにくい。霊の憑いているアイテムを入手したか？　これは検討に値するのではないか。

この世には死者の霊が取り憑いている家財道具というものが実際にあるようだ。た

とえばブルーノ・アマディオの泣く少年の肖像画。フィラデルフィアにある死の椅子。ウィスコンシン州のトールマン夫妻が中古販売店から購入した二段ベッド。映画にもなった人形アナベル。僕たちもしらずしらずのうちに霊の取り憑いている品物を家の中に置いてしまっているのかもしれない。

三月十九日、外出先でいくつかの商品を購入した。デパートで千冬は靴を、僕は文房具を。彼女の購入した靴は、とあるファッションブランドの黒色のパンプスで、僕の購入した文房具は、万年筆に使用するインクカートリッジだ。どちらも新品だけど、霊が憑いていないとはかぎらない。例えば千冬の購入した靴が、商品として店に並ぶ以前、心霊スポットとなっている倉庫に保管されていた可能性もある。インクカートリッジを製造している工場で、実は陰惨な殺人事件が起きていたのかもしれないではないか。

僕の作成した霊の感染経路に関するレポートを読んで千冬が言った。

「実験をしてみましょう」

彼女は段ボール箱を持ってくる。例の靴とインクカートリッジが詰められ、その日のうちに彼女の実家へと送られてしまった。

「もしもあの幽霊が、靴かインクカートリッジに憑いていたのであれば、もうこれで我が家には出ないはず」

「そのかわり、きみの実家に幽霊が移動することになるけど。連絡しておいたほうがいいんじゃない？」

「うん、電話しておこうかな」

しかし幽霊は移動しなかった。宅配便を送った翌日、洗面所で顔を洗っているときのことだ。視界の隅に、だらりと力なくたれさがっている何者かの腕が見えた。鼠色の背広の袖口《そでぐち》から、腕時計のはまった手首が出ている。肌は土気色で、葬式のときに見た親戚《しんせき》の遺体がまさにそういう色だったなとおもいだす。

三月十九日に僕たちが入手したものは、他になかっただろうか？　僕の捜査は行き詰まった。そんなある日のこと、千冬がこんなことを言い出す。

「あの人、だれかに殺されたのかもしれない」

三

「どうしてあの幽霊は、私たちを選んで取り憑いたのだろう。具体的に、私たちの肉体のどこらへんに取り憑いているのかな。脳？　筋肉？　骨？」

「魂じゃないかな」

「魂か。それは私たちの肉体のどこにあるの？」

「幽霊になれば、それが見えるのかもしれないよ」

千冬が肉体と魂の境界についてかんがえるのは、今にはじまったことではない。すこし前に、ある理由から僕たちは、その問題とむきあわされている。

世界で一番、みじかい小説と言われている文章がある。一説によればヘミングウェイが執筆したともされているが、彼が作家デビューする以前の新聞に似た文章が掲載されていたことから、作者は別のだれかなのだろう。たった六つの言葉で成立している小説だ。

For sale: baby shoes, never worn.

直訳すると【売ります：赤ちゃんの靴、未使用】。僕と千冬に起きた出来事はまさにそういうことだ。ある日、千冬のなかに生命は生じ、そしていなくなった。その魂はどこへ消えたのだろうか。千冬の脳はそのことを今もかんがえている。魂はどこに宿るのだろう？　人間の細胞は一定の周期で入れ替わり、古くなった細胞は体外へ排出されることがわかっている。僕たちの肉体は日々、入れ替わっているのに、魂はな

ぜ一緒に排出されてしまわないのか……。

話を幽霊のことにもどそう。

千冬はスケッチブックを持ちあるくようになった。幽霊の似顔絵を作成するためだ。写真には写らなかったらしい。実際に千冬がスマートフォンのカメラ機能でためしてみたところ、彼の姿を写し撮ることはできなかった。

「世に出まわっている心霊写真が、すべて、ねつ造だったということかな」

「幽霊全般がそうとはかぎらない。この個体だけが写らないタイプなのかもしれないし、スマートフォンの種類や、撮像素子によっては写るものもあるかもしれない」

「目に見えるのに、カメラに写らないって、どういう仕組みなんだ。他の人には見えないのに、僕たちにだけは見えるというのも変だし」

「普段は暗号化されて見えない状態なのかも。幽霊側で許可した相手にだけキーがあたえられて、視覚情報が認識できるようになるとか」

スケッチブックを所持した千冬は、彼が出現したらすぐさまそいつの似顔絵を描きはじめる。幽霊は数秒で消えてしまうこともあれば、十分以上も消えないこともあった。描いている途中でそいつの輪郭がぼやけてうすくなると、千冬は「まって、行かないで」と声をかける。

「あの人、だれかに殺されたのかもしれない」

「どうしてそうおもう？」

「後頭部の形がおかしいことに気付いてた？」

恐怖心から詳細な観察は避けていたが、そいつの後頭部は、たしかにゆがんでいる。しかし、出たり消えたりするような、曖昧な存在だから、体の一部がゆがんで見えるくらいでは気にならなかったのだ。

「似顔絵のために観察してみた。彼は頭《ず》蓋骨《がいこつ》が二ヵ所、陥没している。もしかしたらそれが死因なのかも」

「殺された理由にはならない。交通事故じゃないかな」

しかし千冬は、首を横にふる。

「彼の頭が陥没しているということは、生前の怪我が幽霊の姿に反映されているってことだよね」

「それの意味するところは、……どういうこと？」

「私たちに見えている彼の姿は、死んだときの姿なのかも。彼の背広や、革靴や、腕時計は、命をうしなった瞬間の姿が保存されているとも言える。彼が交通事故で死んだのだとすれば、服のどこかに、衝突されて破れたような箇所があるはず。だけど服は無事だし、頭蓋骨以外に怪我を負っている箇所はない」

「だからといって、殺人事件だなんて……」

あの服装が死んだ瞬間のものだとするなら、病院のベッドで病死したわけではないだろう。殺された人間が悔しさのために幽霊となって現れたという心情的な部分はすこし納得できる。しかし殺人とはおだやかではない。

「たぶん、きっと、あれだよ、頭の上になにかが落ちてきたんだ。高いところから、重いものが落下して、彼の頭に運悪く命中してしまったんじゃないかな。たとえば、ビルの屋上から投げ落とされた空き瓶とかが」

「彼の傷は後頭部だよ。頭の上に落ちてきたのなら、頭頂部がへこんでいるはず。それに、彼は死んだとき、屋内にいた可能性が高い」

「どうしてわかった？」

千冬は、これまでに描いたスケッチを取り出して僕の前にならべる。幽霊の正面の顔や横顔。後頭部の損傷箇所の拡大図。全身をおさめたサイズのスケッチもあれば、ネクタイの柄、腕時計、革靴などの細部を詳細に描いたものもある。彼女の絵は繊細で精密だ。

「これを見て」

彼女は革靴のスケッチを指さす。茶色のビジネスシューズだ。新品ではなく、使いこまれた雰囲気がある。

「この靴、すこし濡れてると言ったでしょう。雨の中をあるいてきたみたいに。あら

ためて彼のズボンの裾《すそ》を見たら、水滴がはねて染みになったような箇所を見つけた。彼が死んだ日、雨だったのかもしれない」

「でも、背広の上着は濡れてなかった」

「傘をさしていたんじゃないかな。だから上着は濡れていない。屋内にいたのかもしれないっていうのは、つまりそういうこと」

傘をさした状態で、後頭部を損傷する様を想像してみたが、うまく思い描けない。何らかの物体が高速で彼の頭にむかってきても、傘が守ってくれそうな気がする。銃弾のようなものは別だけど。

「屋内に入って、傘をたたんで、それから死んだというわけか。わかったぞ、彼は足をすべらせて、ころんだんだ。雨水で床がすべりやすくなっていたのかもしれない。あおむけにたおれて、後頭部を床に打ち付けて、死んだわけだ」

　しかし千冬は納得しなかった。

「陥没は二ヵ所ある。起き上がった後、さらにもう一回、おなじようにころんで頭を打ったとおもう？　彼の頭部損傷を引き起こしたのは、何者かの手による運動エネルギーだった。損傷は二ヵ所。それもちかい位置にある。その事実に事故ではなく人間の意思を感じるの。一度目の衝撃を後頭部に受けた瞬間、彼の体はおおきくうごいたはず。前方に傾いて、そして崩れ落ちるか、前に突っ伏すかしたの。そこにもう一撃、

彼のうごきに追従して狙いを定めなくては、陥没がちかい位置にできないとおもう」

ほんとうに彼は殺されたのか？　そして僕たちに憑いたのか？　確定ではないが、千冬はその可能性を検討している。

「もしも霊が、心のこりのために成仏できないというのなら、彼の死の真相を明らかにすることで、消えてくれるかもしれない。なぜ私たちを選んで取り憑いたのかは不明のままだけど」

　幽霊はあいかわらず、予告なしに出現した。部屋の片隅に、あるいは僕たちの背後に、一切の足音もたてずに現れる。僕は勇気を出して幽霊の姿を観察してみた。たしかに後頭部のへこみは、頭蓋骨の陥没によるものらしい。僕と千冬は、そいつの顔に見覚えがない。だけどもしかしたら、こちらがわすれているだけだろうか。念のために千冬のスケッチをパソコンに取り込んで親戚や友人あてにメールで送ってみた。「この顔に見覚えがありましたらご連絡ください」と文章をそえておく。結果はかんばしくない。千冬はブログに心霊体験の記事を書いて似顔絵を掲載した。題名は『幽霊の正体求む』。しかしこちらも有力な情報は得られていない。

「ちょっと、これを見てくれる？」

　千冬はノートパソコンを持って僕の休んでいる寝室に入ってくる。ディスプレイに

腕時計メーカーのホームページが表示されていた。商品一覧のなかに、見覚えのあるアナログ腕時計の写真がある。文字盤の色、数字のフォントと配置が、幽霊の手首にはまっていたものとおなじだ。

「彼の腕時計を特定してみた。文字盤にメーカーのロゴがなかったら探し出せなかったかもしれない。カタログによれば二年前から販売されていたものらしいよ」

二年前か。ということは、彼が殺されたのはこの二年以内ということになる。生前の彼がこの腕時計の開発者で、販売開始前の商品を手首に巻いて暮らしていたという可能性もかんがえられるけど。

「ちなみに値段は三万五千円くらい。高級な腕時計というわけではないみたいだから、生前の彼の生活はごく一般的なものだったんじゃないかな」

ちなみに幽霊の腕時計はいつも三時二十五分を示している。昼過ぎなのか、深夜なのかはわからないが、彼が亡くなった瞬間で停止しているのかもしれない。

つづいて彼女はネクタイの柄のスケッチを僕に見せる。幽霊の身につけているネクタイは、落ちついた和風の柄である。黒色の生地に、金色の糸で細かく模様が入っている。千冬の調査によれば、京都にある金襴《きんらん》生地の店で取り扱っている限定商品だという。

「おどろいた、よくわかったね」

「ネクタイのコレクターに問い合わせてみた。さっそく店に似顔絵を送ってみたんだけど。心当たりはないみたい」

彼が生前にその店をおとずれて、店員がその顔をおぼえていたらと期待したのだが。この商品の販売は五年前からおこなっているらしいので、彼の死亡時期の特定には、腕時計の販売期間を参考にしたほうがよさそうだ。

四月がいつのまにか終わろうとしていた。世間はゴールデンウィークの話題で持ちきりとなる。幽霊が僕たちの前に現れるようになって一ヶ月が経過していた。しかし見慣れることはできない。彼が深夜にベッド脇に立っている状態で安眠なんてできるわけがない。千冬は気にせず寝息をたてていたけれど。

「よく眠れるな」

「立ってるだけで、何もしてこないんだから、いないものとかんがえたらいいんだよ」

一生このままだったら、どうしよう。どこかへ旅行に行くときも、友人の結婚式に出席するときも彼がついてくるのだ。そんな心配をしていた、ある日のことだった。

僕と千冬がソファーでテレビを見ていると、視界をさえぎるように彼が現れた。そいつの周囲だけうす暗くなり、両腕をぶらんとさげて、うつろな目で棒立ちになっている。僕はおびえてクッションを抱きしめるが、千冬は無言で体をかたむけて、そいつをじゃまくさそうに避けながらテレビを見続ける。

クッションで顔をかくしながら、ちらちらと彼を確認し、はやく消えてくれと僕は念じる。そのとき違和感に気付いた。そいつのおなかごしにテレビの画面が透けて見えるのだ。目をこすってみたが見間違いではない。やはり彼は半透明になっている。これまでは背後にある景色が透けて見えることはなかったのに。そのことを指摘すると千冬はかんがえるような顔になる。

「ほんとうだ。でも、この見え方になるのはどうしてかな」

「何が？」

千冬はソファーから立ち上がり、幽霊の反対側にまわりこんだりしながら見え方を確認する。

「彼は半透明になってるけど、体内の器官、つまり内臓や骨格の様子は見えない。私たちの側にむいている体表面のみが半透明の状態で見えている。彼は、取り憑いている人間のそれぞれの心のスクリーンに投映されているのかもしれない」

彼の透明度の変化について話し合った。これが一時的なものか、それとも今後はずっとこの状態なのか。こうなった理由はなんなのか。明快な答えはでなかったが、数日が経過すると、さらに彼の姿はうすくなった。このことは僕を明るい気持ちにさせた。

興味深いことに、僕と千冬とでは、彼の透明度の変化に差が見られた。彼の姿がよ

りうすくなったと僕が感じた日でも、彼女にとっては前日と変わらないという。あるいはその逆の日もあった。彼の姿はまるで、明るい部屋に投映された映画のようだった。透明度が高くなり、出現したとしても、背後の景色にまぎれて気付かないことさえある。

どうやら心霊現象は時間が解決してくれるものらしい。彼は僕と千冬に勝手に取り憑いて、そして勝手に消えようとしている。彼の姿はうすれて、目をこらしてようやく認識できる程度になり、ついに現れることはなくなった。

幽霊は消えた！　僕はワインをあけてそのことを祝福したが千冬は納得できないという表情だった。この現象をどのように解釈すべきか彼女はかんがえつづけていた。

「ゴールデンウィークがあけたら仕事に復帰しよう。ブログに書いておいた記事も消しておきなよ。あれを見ると、おもいだして、手がふるえてしまうんだ」

千冬がブログの記事を消そうとパソコンにむかう。

「あ……」

彼女が言った。横から画面をのぞきこむと、彼女のブログに返信の書きこみがのこっている。記事を目にした何者かが、おもうところがあったようで、フリーのメールアドレスをのこしてくれていた。次のようなメッセージが書かれている。

似顔絵の人物に心当たりがあります。連絡をください。

四

ゴールデンウィークにひさしぶりの外出をした。空は青く、あたたかい気候である。最《も》寄《よ》りの駅から電車に乗り都心へとむかう。千冬といっしょに三月十九日の経路をたどってみた。映画館のポスターはすべて張り替えられている。あの日にやっていた作品はすべて上映が終了し、別の作品が封切りになっていた。あらためて確認しても一般的な路地しか通っていない。僕たち以外にも大勢が行き交っている。そのなかで僕たちが憑かれたのは、運が悪かっただけなのだろうか。

「どこで、どういう理由で、彼は僕たちに憑いていたのかな」

移動しながら僕は言う。明快な回答は期待していなかったのだが。

「実はある仮説があるんだけど」

「仮説？」

「まだ話せる段階ではないから」

「ヒントだけでも」

「彼はやっぱり、あなたが言ったように、品物に取り憑いていたのかもしれない。彼の死にまつわる因縁深い品物に」

　千冬はそれ以上のことをおしえてはくれなかった。

天野《あまの》健一《けんいち》。それが幽霊の正体だ。名前が判明したことと彼が出現しなくなったことが、ほぼ同時期だったのは偶然だろうか。それとも必然なのだろうか。

千冬のブログにメッセージをのこしてくれていた人物は、京都在住のとある会社員の男性だった。彼の同僚の男性が三月中旬から行方不明だという。家にも帰っておらず、どこに消えたのかわからない。事件に巻きこまれたのか、ただの家出なのかも不明。気になってSNSで情報を求めていたところ、千冬のブログを人からおしえてもらったそうだ。似顔絵を見て彼はおどろいた。行方不明になっている同僚、天野健一にそっくりだったからだ。彼のおかげで、天野健一の奥さんとも連絡をとることができた。

　天野健一は京都に住んでいた。彼のネクタイは、奥さんが誕生日に贈った品物だという。彼がいなくなったのは三月中旬、全国的に雨が降っている日だった。出張があるからと家を出たまま、連絡が途絶えてしまったらしい。

　街角のビルの一階に、フランス料理の店がある。出入り口の両脇に植物があり、本

日のメニューがちいさな黒板に書かれていた。天野健一の奥さんはまだ来ていないようだ。予約席に案内され、彼女を待つことにする。

彼の奥さんとは電話でやりとりをしていたが、直接会って話を聞かせてほしいとたのまれた。彼女はまだ、僕と千冬の話をうたがっていた。無理もない。行方をくらませた旦那《だんな》が幽霊になって、見ず知らずの夫婦に憑いていたなんて、ひどい冗談にしか聞こえないだろう。

「詐欺師か何かだとおもわれてるんじゃないかな」

心配している僕の横で、千冬は資料を整理している。彼女は今日のためにプレゼンテーション用の資料を作成し、プリントアウトしていた。女性の店員が僕たちの前に水を置く。店内にはテーブルが五つ。こぢんまりとした、品のいい店だ。厨房《ちゅうぼう》に男性のシェフがいる。夫婦で経営しているのかなと想像した。三月十九日にも、僕たちはこの店で食事をした。移動経路の確認を兼ねて、千冬がこの店に予約をいれておいたのだ。

店の出入り口が開閉して中年の女性が入ってくる。ふっくらした丸顔の人だった。不安そうな様子で店内をながめて、僕と千冬のいるテーブルへと目をとめる。僕と千冬は立ち上がって会釈した。

「はじめまして、天野です」

と、彼女は言った。僕たちはむかいあってテーブルにつく。待ち合わせ時刻より遅れてしまったことに彼女は恐縮していた。飲み物と前菜がはこばれてくる。ランチのコースは決まっていた。食事をしながら、これまでの経緯を説明し、千冬の作成した資料を彼女に見せた。ちなみに、彼が殺されたのではないかという推測は資料に書かれていない。殺人というキーワードは刺激が強い。慎重にとりあつかうべきだろう。

「幽霊だなんて……」

彼の奥さんの口から困惑気味のつぶやきがもれる。想定内の反応だ。激高されないだけありがたい。千冬は淡々と情報を開示した。僕は彼女の話を途中でさえぎって、奥さんの理解のたすけになるような説明を入れる。

「ほんとうに幽霊だったとしたら、うちの主人、もう生きてはいない、ということになるのでしょうか……？」

スケッチブックの似顔絵を見て奥さんは言った。いつか帰ってくるという可能性を彼女は今でもしんじているにちがいない。「わかりません」と僕は返答し、「その可能性が高いとおもいます」と千冬が口にする。

ひとしきりこちらの説明がおわると、今度は僕たちが天野健一に関する話を聞かせてもらった。謎の幽霊についてようやく素性が判明し、すっきりした気持ちにさせられる。天野健一という男は、京都の商社に勤めるサラリーマンだった。趣味は釣り。

三人兄弟の末っ子で、子どもはいない。行方不明になった日、出張に出かけると言って家を出た。しかし奥さんが後日、会社に確認してみたところ、出張の予定はなく、家庭の事情による休暇願の届出が提出されていた。彼は奥さんと会社に嘘をついて休んでいたわけだ。

「何かトラブルに巻きこまれていた様子はありませんでしたか？」

「いいえ」

「過去に事件に巻きこまれたことは？」

「さあ、以前、詐欺に引っかかって警察に相談に行ったことくらいでしょうか」

「詐欺？」

　話を聞いてみたところ、よくある美人局《つつもたせ》の類《たぐ》いの強引なセールスだったようだ。十数万円の被害にあったという。

　メインディッシュの皿がはこばれてくる。仔羊《こひつじ》の肉が赤ワインのソースでやわらかく煮込まれていた。おいしい。こんな話をしながらでも、僕は料理を堪能《たんのう》することができた。天野健一の奥さんは半分ほどのこしていたけれど。

「どうしてあの人、東京で、こんなことに……」

「こちらにはよくいらっしゃってたんですか？」

「年に一回ほど、会社の出張で」

京都で亡くなって、幽霊だけが風に飛ばされてきたとはかんがえられないだろうか。それはないか。物理的な干渉はうけないみたいだし。

「おそらく彼は東京で殺されたのでしょう」

　さらりと千冬がそんな発言をしてしまう。

　奥さんは、おどろいた顔で彼女を見る。

「あの、それは、どういう……」

「彼は出張と偽って東京に来た。そして、この町で殺されたんです」

　奥さんは水の入ったグラスを倒してしまう。テーブルクロスに染みがひろがった。僕は千冬を問い詰めたい気持ちだった。その話は慎重にすべきだぞ、と。情報開示のタイミングを事前に夫婦間で話し合っておくべきだった。

「でも、どうして。うちの主人が」

　千冬の話が理解できないという様子で首を横にふっている。それから彼女は、すこしだけ眉《まゆ》をつりあげた。

「証拠はあるんですか？」

　テーブルをはさんでむきあっているだけなのに、ほとんど物理的な壁ができたように感じられた。疑うような目だ。だまされまいと警戒している。

「まあまあ、奥さん、落ちついて話を聞いてください」

僕は椅子からおしりをうかせてなだめようとする。

千冬は抑揚のない声で事務的に言った。

「証拠は今のところ、ありません。幽霊も消えてしまいましたし」

奥さんが鞄《かばん》をつかんだ。立ち上がって帰るべきか迷っているのだろうか。

そのときだ。女性店員が布巾《ふきん》をもって来てくれた。こぼれた水を拭《ふ》いて「かわりの水をご用意しますね」と言ってくれたのだが、そこで彼女の顔が、こわばった。

僕はその反応を奇妙に感じる。女性店員は硬直したようにうごかなくなり、その目は一点にむけられていた。

テーブルに置かれた天野健一の似顔絵だ。彼女は震えだし、恐怖を顔にはりつかせる。

「あなたの方でしたか」

千冬が、店員に声をかける。

物憂げな目を、厨房へとむけた。

「それとも、二人で？」

彼女は、何を言っているんだ？

ばん、とはげしい音がする。気付くと女性店員がいなかった。店の扉が開いてゆれている。

事情の呑《の》み込めない僕は、うごけなかった。追いかけるという発想もなかった。騒ぎを聞いて厨房からシェフが出てくる。彼は問いかけるような目を僕たちにむけるが、事情がわからないのは僕もおなじだ。天野健一の奥さんもなりゆきにこまっている。

「ターンオーバー」

千冬がしずかな声で言った。彼女は落ちついている。店員が外へ駆けだしていった理由もしっているのだろうか。僕は千冬の言葉をくりかえす。

「ターンオーバー？」

「そう。彼女が殺したの。ターンオーバーだったんじゃないかって仮説をたててみたら、この店にたどりついた」

ターンオーバーとはつまり生物学で言うところの代謝回転のことだろうか。僕たち人間、というか生物のほとんどは、食事によって体内に入れたタンパク質などを分解し、新たな細胞を合成する。その一方で古くなった細胞を分解して体外に排出する。新旧の分子が入れ替わりながらバランスをたもつ動的平衡状態のことをターンオーバーと言う。

「私たちが、幽霊に取り憑かれていたんじゃない」

千冬は言った。

「天野健一が取り憑いていたのはおそらく、自分を殺害した凶器。後頭部に振り下ろ

された凶器に取り憑いていたんだとおもう。呪われた人形や、呪われた絵画とおなじで、死後の彼は、自分と因縁の深いものにしがみついた。私たちはただ、それを食べさせられただけ」

「食べさせられた？」

「証拠隠滅のためにね。凶器は私たちの体内で分解され、一時的に私たち自身の肉体と同化した。だけどそれが排出されて体内濃度が低下したから、彼はうすれて見えなくなったんだとおもう」

　さきほど口にした前菜や仔羊の肉が、胃液とともにせり上がってきた。天野健一の奥さんは、千冬の言葉が理解できなかったらしく、いぶかしげな様子で彼女を見ている。だけど僕は、千冬の言いたいことを正しくイメージできた。そのせいで、こらえきれず、うずくまって足下に吐いてしまった。

　利根《とね》川恵子《がわけいこ》、二十九歳。彼女は一昨年に結婚し、夫婦でちいさなフランス料理店を営んでいた。夫婦仲は良好で、幸福な日々だったとおもわれる。しかし彼女は結婚前、とある詐欺事件に関与していた。大勢いた被害者の一人が天野健一だった。

　天野健一は行方不明になる半年前、東京へ出かける用事があった。その際、彼女を偶然に発見したらしい。彼女の跡をつけてそのフランス料理店にたどりついた。そこ

で警察に行っておけばこのような事態にはならなかっただろう。しかし彼は利根川恵子に過去の罪を問い詰めたという。

　利根川恵子は困窮した。詐欺に関わっていたことを夫に話しておらず、暴露されたら生活が崩壊するかもしれないとおびえた。彼女は天野健一を殺すことに決めた。店の定休日に呼び出して、彼に従うふりをしながら、隙をついて凶器で殴り殺す。その日、彼女の夫は友人の結婚式に出席しており、夜まで帰ってこない予定だった。ちなみに天野健一は、過去の罪を秘匿してやるかわりに、彼女に関係を迫っていたという。

　凶器として使用したのは冷凍された鱈《たら》である。凍りついて固くなった鱈は三キロほどの重さがあり、それが彼の後頭部めがけて振り下ろされた。雨の中、天野健一の傘とともに死体を車で運んで、山奥の茂みに捨てた。凶器となった冷凍魚を捨てなかったのは、魚から足がつく可能性を危惧《きぐ》したためだという。店で仕入れた魚の数が変わってしまうことも都合が悪い。魚に付着した血を洗い流し、料理に使用した方が確実な証拠隠滅になると判断したそうだ。彼女は凶器を再び冷凍庫にもどした。後にそれは解凍され、白身魚のポワレとなる。三月十九日に僕と千冬が口にした、あの白身魚のポワレだ。

　僕が吐いた日、利根川恵子は、殺した男の似顔絵を見て動揺し、逃げ出した。発見されたのは翌日のことで、彼女は警察にすべてを白状したという。死体も見つかった。

僕と千冬は事情聴取を受けたが、心霊現象の話を取り合ってくれるはずもなく、天野健一の奥さんも僕たちとの関係の説明にこまっていた。最終的には天野健一の生前の知人ということにさせられ、偶然その場に居合わせたことになったのだが、千冬はこんな風にもらした。

「より正確に記すなら、生前の知人ではなく、死後の知人ですけどね」

以上が僕たちに起きたことの顛末《てんまつ》だ。

事件についての報道が一段落したころ、天野健一の奥さんから手紙をいただいた。儀礼的な文章にはよそよそしさがあった。

僕は会社に復帰して電車通勤をする。日常がもどったのだ。幽霊を目撃することはもうない。二度とないはずだ。

「それはどうかな」

ある朝、千冬は言った。朝食に使用した皿を流しに運びながら。

「凶器に使用された鱈を由来とするアミノ酸やその他の成分は、完全に排出されたわけではないとおもう。私たちの体内に、まだいくらかのこっているとかんがえたほうがいい」

彼女の話によれば、細胞の入れ替わりの周期は組織ごとに異なるという。筋肉や肝

臓は六十日周期、肌の細胞は年齢ごとに異なり、二十代で約二十八日周期、三十代で約四十日周期で入れ替わる。赤血球の細胞はおよそ百二十日で寿命がおとずれるらしく、もしも天野健一が取り憑いていた鱈由来のアミノ酸が赤血球になっているとしたら、まだ僕たちの体内をめぐっていることになる。ふとした瞬間に彼が現れないともかぎらないのだ。

「出勤前に変なこと言うなよ、僕をこわがらせようとしてるだろ」

　ネクタイをしめて僕は玄関にむかう。靴を履いていると、千冬が後ろに立った。瞼を伏せ気味にした、いつもの物憂げな目は変わらないが、口元がやわらかく、やさしい顔つきだ。

「いいことでもあった？」

「うん。肉体が消えても、情念のかけらがのこるって、今回の一件でわかったからね。しってる？　私たちの体には、ターンオーバーしない細胞があるってこと」

「脳細胞とか？」

「そう」

神経線維網を構成する細胞や目の一部など、代謝のおこなわれない細胞も存在するらしい。

「だけどそれが、どうかした？」

千冬は自分のおなかに手のひらをあてた。

「入れ替わることのない細胞組織があるってことが、私にとってはうれしい。だって、もしもあの子に魂があったのなら、そしてあの子の魂が、体外に排出される前にどこかにしがみついたとしたなら。まだ私のどこかに、居てくれるかもしれないじゃない？」

世界で一番、みじかい小説。あの文章が胸をうつのは、小説のみじかさと、人生のみじかさとが、一致しているせいなのかもしれない。

産まれることのなかった、僕と彼女の子どもにも、魂はあったのだろうか。それとも、魂というものは、人生の長さに比例して形をなしていくもので、あの子にはまだそれらしいものなんてなかったのだろうか。僕にはわからない。

だけど彼女はあの子のことをおもいだしているし、いつもかんがえつづけている。幽霊についての騒動は僕の心にトラウマをのこしたが、彼女に癒《い》やしをもたらしてくれたなら、それなら良しとしよう。

出勤のために扉を開けると、差しこんだ朝日が千冬の頬を照らしてくれた。

首なし鶏、夜をゆく

一

父方の祖母の家は山裾《やますそ》の村にあり、周囲に広大な畑と雑木林があるだけの何もない田舎だった。都会から引っ越してきたのが冬の時季だったせいか、枯れ木と霜と曇り空の荒涼とした風景ばかりが印象にのこっている。

当時、十二歳だった僕は、手袋とマフラーをして祖母の家から小学校までの長い道のりをあるいた。田舎の冬は異様に寒く、風は突き刺すように冷たい。手袋をしていなければ指先が赤色にかじかみ、最後にはじんじんとしびれた。

転入して間もなかった僕は、クラスメイトとなじむことができず、いつも一人でいた。僕以外にもう一人、教室で孤立している子がいて、それが水野《みずの》風子《ふうこ》だった。

風子の髪の毛は色艶《いろつや》がなく、頬もこけていた。いつもおなじ薄いピンク色のセータ

ーを着ていたのだが、ところどころにほつれた箇所があった。それ一着しか冬に着るものを持っていなかったのだろう。靴下には何カ所も穴が開いており、クラスメイトたちがそのことをはやしたてると、風子は、恥ずかしそうに顔をうつむけてもじもじしているのだった。

水野風子の家庭の事情をしったのは、彼女と親しくなってからだ。僕が引っ越してくる数年前まではふつうの生活をしていたという。しかし両親が交通事故で死んで彼女の人生は一変した。叔母《おば》の満代《みつよ》という女がやってきて、ただ一人のこされた彼女をひきとったのだ。満代は肥満体の女で、働くこともせず、風子をいじめた。ろくに食べ物もくれず、風子の血色はわるくなり、わらうことをしなくなった。陰気な顔つきになった彼女から、クラスメイトたちは距離をおくようになってしまったというわけだ。

はじめのうち、そのような事情をしらないまま、自分と同様にクラスから孤立している風子のことを、戦友のようにおもいながら暮らしていた。はじめて水野風子としゃべったのは、雪がちらつく日の夕方だった。

学校が終わり、薄暗い曇り空の下、ランドセルを背負って祖母の家まであるいていた。凍《い》てついた砂利道は表面がおろし金のようになっている。雑木林の脇に来たとき、その声が聞こえてきた。

「京太郎《きょうたろう》。どこなの。京太郎」

枯れ木の入り組んだむこうに、やせっぽちの人影があった。

「京太郎。ごはんだよ。京太郎ったら」

水野風子だ。薄いピンクのセーターだけではいかにも寒そうな様子である。だれかをさがしているようだ。ちらついている雪の粒が、風子のくちびるの横を通りすぎていった。雑木林を透かして見えるその横顔に、僕は、はっとさせられた。うつむいた状態の彼女しか見たことがなかったから、風子のうつくしい顔立ちに、それまで気づかなかったのだ。僕はおもわず雑木林へちかづいた。しかし小枝を踏んでしまい、靴の裏側で小気味のいい音が鳴った。

「京太郎？」

密集した枯れ木の隙間を通して僕たちは目があった。雪がまた何粒か横切っていった。水野風子は、僕に気づいて、おびえるような表情をする。左右の手にそれぞれ、水の入ったコップとぼろぼろの小鍋《こなべ》を持っていた。コップにはなぜかストローがささっている。寒さ対策のために風子は軍手をはめていた。彼女は手袋を持っておらず、いつも軍手をはめて学校に来ていたのだが、それもまた、からかいの対象となっていた。

「あの……、声が聞こえたから」

多少の気まずさを感じながら、僕がそう言うと、彼女は一歩、後ずさりをした。教室にいるときみたいに顔をうつむけて猫背になり、視線を避けるような姿勢をとる。顔に影ができて、ふるえる長いまつげと、形の良い目元がかくれた。

「京太郎って?」

風子は返事をしない。僕がだまってどこかへ行くのを待っているようだ。なんだかもうしわけない気持ちになってくる。

「もう行くよ。じゃまをして、ごめんな」

僕はそう言ってあるきさろうとした。そのとき、突然、足元で音がする。鳥が翼をはばたかせるような音だ。はっとした様子で風子が顔をあげた。

「京太郎!」

僕の足元に何かがいた。白い塊だった。そいつは僕の鼻先までジャンプして、バサバサと翼をうごかす。僕はおどろいてのけぞり、尻《しり》もちをついてしまった。白い羽根が何枚か雪のように降ってくる。

そいつはどうやら鶏のようだった。風子がさがしていた京太郎というのは、こいつのことにちがいない。手に持っていたコップと小鍋を落として風子が駆けてきた。

「ちがうの! これはちがうの!」

風子はそう言いながら、僕から守るようにそいつを抱きしめて泣きだす。風子の腕

のなかにいるそいつから僕は目が離せなかった。その異様な姿に恐怖する。しかし悲鳴をこらえることができたのは、そういう状態の鶏が存在しうることを本で読んだことがあったおかげだ。

そうだ。かつてそういう鶏が実在していた。学術的な記録ものこっている。しかし日本にもいたとはおどろきだ。京太郎と呼ばれた鶏は、翼をうごかし、二本の足をぐりぐりとやりながら、白い羽根をちらしている。しかし、あるべきはずのものが見当たらない。鶏冠《とさか》、嘴《くちばし》、目、つまり首から上の一切が存在しなかったのである。

世界中で起きた不思議な事件をあつめた本で【首なし鶏《どり》マイク】の記事を読んだことがある。

一九四五年九月十日、アメリカ・コロラド州の農家で一羽の鶏が首をはねられた。調理されて夕食にならぶ予定だったその鶏は、しかし、首をうしなった状態でいつまでもあるきつづけて、一向に死ぬ気配を見せなかった。一晩が経過しても生きているため、農家の家族は、切断した首の穴からスポイトで水と餌をあたえて生かすことにした。そいつは二日たっても、三日たっても死なず、マイクと名付けられて、研究のために大学へ持ち込まれた。科学者たちが調査した結果、頸動脈《けいどうみゃく》が凝固した血液によってふさがれて、失血がおさえられたのではないかと推測された。また、脳幹と片方

の耳の大半がのこっていたおかげで、首をうしなった状態でもあるくことができるのではないかとも言われている。

首のないまま生き続ける鶏はたちまち評判となり、『ライフ』や『タイム』といった雑誌や新聞にとりあげられた。マイクの姿を撮影したいくつかの白黒写真が僕の読んだ本にも掲載されていた。白い羽根におおわれた体に、爪のある二本の足、わずかに丸みのある胸と、その上に黒ずんだ肉の切断面。スポイトで切断面の穴に水をさしている写真まであった。結局、マイクは十八ヶ月間、首のない状態で生き続けた。その最期は、餌を喉《のど》につまらせたことによる窒息死だったという。

　水野風子が京太郎と呼んでいた鶏も、以前は首から上が存在していたそうだ。しかし、叔母の満代の手によって切断されてしまったそうである。

「私が絶対にされたくないようなことをするの。あの人は、たいせつなものをうばってゆくの。私が京太郎をかわいがってたから、おばさんはある日、私の目の前で京太郎をおさえつけて、首を手《て》斧《おの》で切り落としてしまったの」

　しかし、涙をながしている風子の目の前で、首をうしなった京太郎はいつまでも生き続けた。

「おばさんは京太郎が死んだとおもってる。切り落とした首を持って、すぐにどこかへ行っちゃったから」

風子はかくれて首なし鶏を飼うことにした。もしも叔母に見つかったら、どうなるかわかったものではない。なんとかつなぎとめられた京太郎の生命を、今度こそ手斧で完全にうばいとられるかもしれない。風子はそうおびえていたのである。

雪のちらついていたあの日、僕がひみつをしってしまったとき、風子が泣いていたのもそのせいだ。首なし鶏のことを、僕がみんなに言いふらしてしまうとおもったのだろう。

彼女が泣き止《や》むのを待って、僕は言った。

「このことはひみつにする。絶対にだれにも言わないから」

すこし時間はかかったけれど、その冬が終わらないうちに、僕たちは、なんでも話し合えるような友だちになった。おたがいに、自分のこれまでのことをおしえ、他人に話せないような悩みをうちあけた。やがて、首なし鶏と風子の姿がかさなって見えるようになった。頭を切り落とされた、体だけの存在。彼女は、何もかんがえないようにしながら、何も見ないようにしながら、生きていた。

二

水野風子はいつも、僕と会っているとき、口の中でビー玉をころがしていた。耳をすませば、からり、ころり、と彼女の歯とガラスの玉のあたる音が聞こえてきた。

「おなかがすいたとき、これをなめてる。まるで飴玉《あめだま》を口に入れてるような気分になってきて、おなかの音が鳴らなくなる」

乾燥し、ひび割れ、すこし血をにじませたくちびるの隙間から、色のついたビー玉をちらりとのぞかせて彼女は言った。

水野風子と交流を持つようになると、クラスメイトたちがさっそく、おもしろおかしく騒ぎ立てた。黒板には僕たちの名前を書いた相合傘が落書きされ、風子は顔を赤くしてうつむいていた。学校では距離をおき、みんなのいる前では言葉をかわさないようにしよう、という取り決めが暗黙のうちになされた。

当時、僕が暮らしていた父方の祖母の家は、巨大な日本家屋の平屋だった。いくつも和室が連なって、親戚《しんせき》たちが二十人も三十人も集まれるような広さがあった。しか

し住んでいたのは僕と父と祖母の三人だけで、ほとんどの部屋はがらんとしている。僕の部屋は南東の隅にあり、直接に外へ出られるような縁側まで備えている。ある日曜日、そんな僕の部屋のガラス窓を風子がたたいた。

「マキヲくん」

石油ストーブにのせた薬缶の蒸気でガラスは曇っていた。白い霞《かすみ》のむこうに、風子のほっそりした輪郭があった。

「ああ、いらっしゃい」

　ガラス窓を開けると、風子の抱えている黒色のゴミ袋が目に入った。ひとかかえもあるゴミ袋のなかで、もっさもっさとなにかがうごいている。

「ちゃんと空気穴も開けたよ。むきだしではこんでたら、だれかにばったり会ったときいけないから」

　風子はゴミ袋の口を開けて、なかから首なし鶏の京太郎を出した。翼と足をぐりぐりとうごかしながら、京太郎は僕の部屋の畳に下り立つ。ストーブから距離をおいた場所をあるきまわった。

「風子も中に入って」

「おじゃまします」

　靴を脱いで縁側から室内に入り、彼女はほっとした表情で息をもらす。

「はあ、あったかい」

刺すような冷たい風で、頬や耳が赤くなっていた。今日も薄いピンク色のセーターに軍手という格好である。ストーブで体をあたためるように僕はうながしたけれど、風子は遠慮して窓際に正座し、部屋をきょろきょろと見回していた。何度目かの来訪なのに彼女は今日も緊張していた。

「ゴミ袋にかくして連れてくるなんて」

「変だったかな」

袋には鉛筆かなにかで開けたような穴がいくつか開いていた。

「ごめんね、暗くて怖かった？」

手斧によってつくられた切断面の黒ずんでいる肉の部分に彼女は話しかける。

「首から上がないんだから、暗いだなんておもってなかったとおもうよ」

「そうかな」

「そうだよ」

と言いつつも、頭部の消えた鶏が、いったい何をかんがえながら生きているのか、僕には想像もできなかった。京太郎は時折、前かがみになって、地面の餌をついばむような仕草をする。真っ暗闇のなかに餌の幻影を見て、反射的に以前とおなじようなうごきをしているのだ。かつて、マイクも似たうごきをしていたと、記録がのこって

いる。

【首なし鶏マイク】の記事が掲載されている本を風子に読ませ、それから京太郎に水と餌をあげる練習をした。

「ほら、こうするの」

風子はコップの水をストローで吸い上げ、京太郎の首の切断面に開いたちいさな穴の上へともっていく。たぶんそこが食道なのだろう。水を注ぎこむと、こぽ、こぽ、とあぶくをたてながら水は首なし鶏の体内へ吸いこまれていった。

「ね、かわいいでしょう?」

「かわいくはないよ」

「餌もだいたいこんな感じ。つまんで穴の中に入れてあげる」

風子の持ってきた粉状の鳥の餌を実際にあげてみる。指でつまんで、黒ずんだ切断面の穴へと落とした。後に祖母が死んでお焼香したとき、京太郎に餌をあげているときのことをおもいだしたものである。

「でも、ほんとうにだいじょうぶ?　見つからない?」

「まかせて。お父さんにも、お祖母ちゃんにも、部屋には入らないように言ってあるから。風子は毎日、ここに様子を見に来ればいいよ」

風子はこれまで、だれも来ない雑木林のなかに、材料をよせあつめて囲いを作り、

そこで京太郎を飼っていた。しかし、雪のちらついていたあの日、囲いが風でこわれて逃げ出してしまったのである。「このまま雑木林のなかで飼うなんて無理がある」と僕は主張した。だれがやってくるかわからないし、囲いを修理しても、いつまた逃げ出して人の大勢いる場所に行ってしまうかわからない。そこでためしに、僕の部屋で飼うことを提案したのである。

「こいつなら鳴かないし、とっても静かだから、きっと気づかれないよ」

もっとも、京太郎自身には鳴き声をあげたい気持ちがあるらしく、切断面の穴から、しゅこおお、しゅこおお、と空気のもれる音がする。そこに手をかざしてみると、肺から送り出された息が手のひらにあたってこそばゆい。本人は立派に鳴き声をあげているつもりなのだろう。

「だけど、フンもするよ？」

「あ、そうか。首から上がないくせに、フンもするのか」

「そうだよ。生きてるんだもの」

首なし鶏の京太郎は、ちょんちょんと小刻みにジャンプするように、僕の部屋のなかを移動する。頭部が欠落しているその姿は異様である。翼の生えた丸い塊が、細い二本の足にささえられて立っている。風子はそれを見て、目をほそめた。

「かわいいなあ」

「どこらへんが？」

「まるで、天使みたい。白いふわふわに、翼があるんだよ？」

風子のうすい頬の内側でふくらみが移動し、からり、とビー玉の音がした。

その晩、フンが布団の上にちらばったけれど、それ以外は問題なさそうだった。家が広く、父の部屋も、祖母の部屋も、離れた場所にあったので、京太郎が翼をうごかしてうごきまわっても騒々しい気配はつたわらないようだ。

夜中に目がさめたとき、京太郎が縁側の窓ガラスを足の爪でひっかいていた。窓から入る月明かりが、首から上の存在しない、白色の鶏を闇の中にうかびあがらせていた。外へ行きたがっているのだろうか？　いや、そう見えるだけだ。こいつは頭がないのだから、「外へ行きたい」などとおもうわけもなく、たまたま窓をひっかいていたのだろう。だけど僕は気まぐれにすこしだけ散歩させてみることにした。

逃げていかないように、そいつのそばをくっついてあるく。竹垣にかこまれた家の敷地をぐるぐるとさまよっている姿は、まるで、うしなった自分の首を捜しているようだった。首なし騎士デュラハンの言い伝えみたいに。

「おまえの頭、どこにあるんだろうな。風子のおばさんが、きっともう、捨てちゃったんじゃないかな」

さまよっている首なし鶏に、僕は話しかけた。

風子は毎日、僕の家に遊びにきて、京太郎をかわいがって帰っていった。やがて父や祖母とも顔なじみになり、僕たちといっしょにいるときだけは、くつろいだ表情をするようになった。彼女がうちに来ると、いつも祖母がお菓子を持ってきてくれた。その気配を察すると、京太郎を押し入れにかくし、僕と風子はトランプでもやっていたかのように取り繕った。祖母が部屋を去ると、風子は僕に許可をもとめてから、すこし恥ずかしそうにお菓子へ手をのばす。彼女は満代から充分に食事を与えてもらっていなかったので、いつもおなかをすかせていたのである。

僕と風子と首なし鶏とで散歩に出かけることもあった。人の来ない寂しい行き止まりの道を選んで、翼の生えた白い塊を解き放った。からり、ころり、と口の中でビー玉をころがしながら、やせほそった風子は、ゆらゆらと京太郎の後ろをついてあるいた。今にも消えてしまいそうな儚《はかな》さが風子にはあった。荒涼とした冬の大地をゆく、白い首なし鶏と少女の姿は、幻でも見ているかのようだった。

三

ある日、おつかいをたのまれて村外れのちいさなスーパーに行ってみると、そこに満代がいた。彼女は肥満体の大女である。棚と棚の間を窮屈そうに移動しながら、無表情に大量の缶詰を買い物カゴへぶちこんでいた。フケのひっかかっている長い黒髪は皮脂でてかっており、ご近所の人と顔をあわせてもあいさつをしない。しかし僕を見つけると、急に方向を変えてちかづいてきた。

「あんただね、うちの風子をたぶらかしてるのは」

怒りに満ちた顔で満代は言った。その目の濁った黒色に僕はおぞましさをおぼえた。まるで底なしの洞穴に見つめられたような気分である。満代はそこらにいる男たちよりも背丈があり、熊に威嚇されたような恐怖を感じた。

買い物カゴで僕を何回も突き飛ばしながら満代は言った。

「おい、なんとか言いなよ。風子とは、どこまでいったんだい」

僕はついにたまらなくなって、その場をはしって逃げ出した。うしろから満代の笑い声が聞こえてきた。

当時、僕は満代の存在が憎らしかった。風子は痣《あざ》をつくって学校へ来ることがおおく、階段で転んだと先生には言い張っていたけれど、実際は叔母が手をあげていたのである。満代が風子をいじめていた理由はなんだろう。美人だった姉へのコンプレックスが原因だったのではないかとも言われている。風子の整った顔立ちは母親ゆずり

であり、姪《めい》の姿を目にするたびに満代は姉を重ねていらついていたのではないか。

「痣のこと、先生に言ったほうがいいよ」

「だめ。しゃべったってしられたら、おばさんが怒るにちがいないもの」

首なし鶏の散歩をしながら僕たちは話をした。京太郎は黒ずんだ切断面をさらして、霜の降りた畑の上を跳ねるようにすすむ。

「おばさんを殺そう。強盗がやったように見せかけるんだ」

風子は困ったような顔をした。

「だめだよ。私が、がまんしていればいいだけなんだ。大人になったら、きっと自由になれる。それまで、ひどいことがあっても、口ごたえせずにじっとしているの。嵐が通りすぎるのを待つみたいにね」

後に僕は、風子の言葉なんて無視すればよかったと後悔する。

ある日、学校に来た風子は、右目のまわりに痣をつくっていた。みんなからは「ブス!」とからかわれてうつむいていた。夕方になるといつものように僕の部屋をたずねてきて、愛《いと》おしそうに首なし鶏を抱きしめていた。

「お祭りの縁日で、お母さんがひよこを買ってくれたの。それが京太郎」

風子が話してくれた。

「お父さんが、鶏小屋をつくってくれたんだよ。お母さんとお父さんと三人で育てておおきくしたの……。あれ？　この子、ふとった？」

体つきがふっくらして、京太郎は以前よりもおおきくなっていた。そういえば首なし鶏マイクも、雑誌や新聞にとりあげられてちやほやされているうちに、餌をたんまりともらって、体重が四倍に増加したという。首をうしなっても健康的に生きられるなんて不思議なものだ。

ストローで水をのませ、お焼香をするみたいに餌をあげた。黒ずんだ切断面の穴が、食料を取りこむたびにひくひくとうごいた。僕たちはそれからストーブの前で漫画を読んだ。からり、ころり、とビー玉を口の中でうごかしていた風子は、漫画に熱中するあまり、おもわずそれを飲みこんでしまった。突然、彼女がむせはじめたので何事かとおもった。結局、ビー玉は胃袋におさまってしまう。

「あー、くるしかった……」

すこし照れながら風子は言った。はげしく咳《せ》きこんだせいで、目や鼻が泣きはらしたようになっていた。

日が暮れる前に帰らなくてはならなかったが、心配だったので家まで送ることにした。彼女の家はちいさくて古い一軒家である。雑木林にかこまれた辺鄙《へんぴ》な場所に位置していた。二人でならんであるきながら、顔の痣ができた経緯《いきさつ》について話を聞いた。

しつけと称して満代が風子をたたいたそうである。しかられるようなことをしてはいないのに、なにかと理由をこじつけて、満代は手をあげるのだ。

家の前まで来て、僕たちは足をとめた。窓に明かりがともっている。家のそばに鶏小屋があった。今はもうからっぽだが、餌箱はそのままのこっている。

「お父さんがこれをつくったの？　上手だね？」

鶏小屋をながめながら僕は言った。しっかりとした作りである。

車庫に白色の乗用車がとまっていた。空いたスペースに様々な荷物や農作業の道具が置かれている。そのなかに手斧を発見した。刃の部分の黒ずんだ汚れは、京太郎の首を切断したときの血だろうか。しばらくの間、無言でよりそっていた。そのうちにあたりが暗くなってくる。僕たちはわかれることにした。

「マキヲくん、ありがとう、また明日ね」

玄関先で手をふる風子の姿が、薄闇のなかでぼんやりと見えた。僕は彼女に背中をむけてあるきだす。雑木林にはさまれた道は街灯もない。あるいているうちにあたりは真っ暗になり、風子と、風子の家は、濃い闇をはらんだ雑木林のむこうに消えてしまった。

翌日、水野風子は学校を休んだ。僕の部屋をたずねてくることもなかった。その次

の日もだ。二日目の昼間、先生がクラスメイトたちに風子の休んでいる理由を説明した。彼女は急に転校が決まったのだという。彼女を引き取りたいという親戚が現れて、すでに引っ越してしまったそうだ。

嘘だ。あんなにかわいがっていた首なし鶏を僕にあずけたきり、一切のあいさつもせずに行ってしまうなんてことあるだろうか。それとも、あいさつに立ち寄る時間がないほど急に旅立たなくてはならなかったのだろうか。

一日の授業がおわって解放されると、彼女の家にむかった。あの満代のもとから逃れられるのなら親戚に引き取られるのは良いことだ。しかし、嫌な予感がすこしだけ頭をかすめていた。

雑木林にはさまれた道を抜けて風子の家が見えてくる。玄関にちかづいて、古いインターホンを押してみたが、音の鳴った様子はない。こわれているようだ。扉をたたいて声をあげた。

「ごめんください。風子さんのクラスメイトのマキヲです」

返事はない。あたりを見回す。車庫に車はなかった。ほんとうに引っ越してしまったのだろうか。叔母の満代も家を留守にしているのは、風子を引き取る親戚の家まで付き添って行ったせいだろうか。そうかもしれない、と僕は納得しはじめる。それならいい、そのほうがいい、と。

家の前でうつむいて、しばらくじっとしていたが、ふんぎりがついてその場をはなれようとした。冬の冷たい風が、からっぽの鶏小屋の扉をうごかして、きい、と音をたてた。餌箱が壊れてひっくりかえっている。だれかがそこで暴れたみたいに。

「風子！　ほんとうに、いないのか⁉」

何だか嫌な予感がした。もうすこしだけ、しらべてみよう。家のまわりをあるきながら、彼女の名前を呼んだ。

小さな窓が開いている。位置的に、浴室だろうか。ためしにちかづいて、中をのぞいてみる。

浴室の壁に手斧がたてかけられていた。きれいな刃である。洗って干されているような印象だった。どうしてこんな場所に手斧が？　ぼろぼろのまな板や、からっぽになった粉洗剤の容器もある。そして排水口のそばに、光を反射させているちいさな球体がころがっていた。

からり、ころり。

風子のうすい頰が内側から押されてもりあがり、歯にあたって鳴る音をおもいだす。排水口のそばにころがっているのは、風子がいつも口にふくんでいたビー玉だった。

四

自宅から警察に電話をする。自分の名前と住所、そして風子の家で見たことを説明して、すぐに来てほしいという旨を告げた。祖母が僕の蒼白《そうはく》な顔を見ておどろいていた。

僕は自宅の玄関先で警官にあれこれと質問をうけた。

「きみは悪い子だ。勝手に家の中をのぞくなんて」

「そんなこといいから、風子の家に行って家の中をしらべてよ。おばさんを捜して事情を問いただしてほしいんだ。風子は、お風呂《ふろ》場でばらばらにされてしまったんだよ。だからビー玉がころがっていたんだ。飲みこんで、おなかのなかにあるはずのものが、お風呂場にあるもんか」

大人たちはだれも僕の言い分を聞いてくれなかった。顔をしかめ、気味のわるいものを見るように僕を見た。

「おばさんはひどいやつなんだ。ずっと前から風子をいじめていたんだ。風子がかわ

いがっていた鶏の首を、目の前で切り落としたことだってあるんだ。手斧がすっかりきれいに洗ってあったのは、人に見られてはいけない汚れがついていたからだ」

「きみはわるい夢でも見ているんじゃないか。ふつうの大人が、子どもの見ている前で、かわいがってる鶏の首なんかはねるわけがない」

警官が僕を諭すように言った。

「じゃあ見せてあげるよ。証拠をもってきてあげる」

奥まった場所にある自分の部屋に入る。白色の羽根と鶏のフンが畳の部屋に点々と落ちていた。京太郎は勉強机の下にいた。二本の足を隠すようにうずくまっている。首の切断面の肉が黒ずんでいるという一点をのぞけば、全身が純白である。そいつは切断面のちいさな穴をぱくぱくとうごかしはじめた。押し出された空気が穴を通って出てくる。鳴いているつもりだろう。僕はそいつを抱えて玄関先にもどった。

警官が水野風子の家におもむき、車庫に滴っていた血の形跡を発見したのは深夜のことだった。車のトランクから風子の血がもれていたのである。凍てついた砂利道にそれは点々とつづいており、それをたどることで行き先がわかった。次の日、車は発見された。山奥のだれも来ないような場所に車は停められており、その付近で満代が、バラバラになった風子の体を焼いていたという。

燃え盛るドラム缶に、黒色のゴミ袋をほうりこもうとしているところを、満代は警官に呼び止められた。彼女は袋を投げつけて、わめきながら逃げはじめた。足はおそかったが、腕の力はつよく、警官がしがみついてもふりほどかれた。猛獣のような顔で抵抗する満代に、警官はおびえてなかなかちかづけなかった。しかし何人かの応援が駆けつけて、ようやく満代を身動きできない状態にすることができた。

満代の誤算のひとつは、ゴミ袋に穴が開いていたことだ。彼女は死体から血が漏れないようにゴミ袋でくるみ、車のトランクに載せて山奥にはこんだ。ゴミ袋に穴が開いていなければ、血が漏れて路面に目印をのこすこともなかっただろう。

その穴が風子自身の開けたものだと僕はしっている。部屋に首なし鶏をはこんでくるとき使用したゴミ袋を、風子は元の場所にしまっておいたのだ。それを満代はしらずに使用したというわけだ。首なし鶏が窒息しないように開けておいた空気穴によって、満代は居場所を告発されたのである。

後に聞いた話によると、風子は凍死だったらしい。一晩中、鶏小屋に閉じこめられていたせいで、寒さにより死んでしまったそうだ。

逮捕後の満代の供述は支離滅裂だった。根気強く警官が問いただし、その夜について詳細がわかった。その晩、いつものように難癖をつけて、彼女は風子をしかりつけ

た。鶏小屋に入れて、逃げないように鍵《かぎ》をかけた。いつもなら風子は、寒さにふるえながら、すぐに泣いて許しを求めた。しかしその日はちがった。

満代のことをあわれむかのような目をして風子は言った。

「おばさんはいつも、私のたいせつなものをうばっていく。でも、これはうばえないものだよ。私の中に生まれた、この感情だけは、おばさんにも絶対に取りあげられないものなんだ」

感情？

風子が守った感情とは一体、何だったのだろう。僕が抱いているものとおなじものだろうか。

風子が泣いてあやまらないので、満代は彼女を鶏小屋へ放置した。結局、風子はたすけを呼ぶことなく、泣くこともせず、体が冷たくなった状態で朝をむかえたという。

水野風子に関する事件は、しつけの行き過ぎがまねいた殺人として、ほんの一時期だけ世間をにぎわせた。しかし首なし鶏の京太郎については媒体への露出を許さなかった。近所の者にも見せることなく、僕の部屋のすぐ傍に鶏小屋を設置してひっそりと育てた。そのうちに首なし鶏は、たんなるうわさ話となった。

夜になると、鶏小屋が騒々しくなり、眠りから起こされた。その度に僕は、あくび

をしながら上着に腕を通し、縁側から外に出る。鶏小屋からそいつを出して、外を自由にあるかせた。そいつが外へ行きたがっているように見えるのは、たぶん僕の気のせいだ。そいつには、頭なんてないのだから。だけど僕は、そうしたかったのだ。

　月明かりのなかで、翼の生えた白い塊を僕は追いかける。祖母の家の敷地を抜けて、風子といっしょに散歩をした場所を通り、何も植えられていない畑のなかをさまよった。うしなった首を捜しまわっているように見えなくもない。そんな風におもうのは、僕がそうだからにちがいない。

　満代は拘置所で自殺した。職員が目を離した隙の出来事だった。彼女が話さずに墓場へ持っていったことがいくつかある。そのうちのひとつが、風子の首の行方である。

　彼女は風子の死体を浴室で解体した。しかし、彼女が逮捕されたとき、風子の首だけは見つからなかったのだ。燃え盛るドラム缶の炎を消して、中を調べてみたが、頭《ず》蓋骨《がいこつ》らしきものは見当たらなかった。車につまれていたスコップに、この村の地面の土がついていたことから、頭部だけどこかへ埋めたのではないかと言われている。大勢の捜査員が風子の頭部を捜したけれど、まだ見つかってはいなかった。

　僕も彼女の首を捜して村中をあるきまわった。雑木林の中、畑の中、川のそば、山の斜面など、掘り返された跡がないかを注意深く観察して一日をつぶした。昼も夜も関係なかった。おもいついたときに家を出て、凍てついた地面を、すこしの異変も見

逃さずにあるくのだ。祖母や父、先生たちが僕のことを心配した。しかし風子の首さえ見つかってしまえば自分はすっかり元通りの状態になるだろう。僕にひつようなのは風子の首だった。ふるえるまつげと、形のよい目元、乾燥してひびわれて血をにじませたくちびるの、水野風子の首だった。

「京太郎」

と、僕は首なし鶏に話しかけた。

「どこへゆくんだ？　どこへゆけばいい？」

　夜の冷たさのなかに、息が白くたちこめた。村に街灯は数えるほどしかない。そのため、晴れていれば空には無数の星が浮かんで見えた。まるでふりそそぐような星空の下を、僕と首なし鶏は、どこにでもゆきたい方へゆく。茫漠《ぼうばく》として寂しい地上が、見わたす限りにひろがっていた。首をうしなった鶏とともに、僕はいつまでも、夜をさまよいつづけた。

酩酊ＳＦ

一

私はいつもホラー小説を書いているが、たまにＳＦ小説も執筆する。特に時間ＳＦと呼ばれるタイプの作品が好きだ。時間ＳＦとは、タイムマシンで過去や未来に旅をして、そこでトラブルに見舞われたり、何らかのきっかけで特定の一日をくり返すはめになったりするような、時間をテーマにした物語のことである。大学時代の後輩のＮが連絡してきたのは、私がそのような小説をいくつか書いていたからだ。

「先輩、相談したいことがあるんです。今度、お時間をつくっていただけませんか」

ＳＮＳのアカウントあてにそのようなメッセージが届いたので、その翌週、吉祥寺《きちじょうじ》の居酒屋で彼に会った。

まずはビールで乾杯して近況報告をする。Ｎは二十代後半の青年で、大学時代から

印象は変わらない。よれたTシャツにジーンズにうすよごれたスニーカー。当時はバンド活動をしていたが、もう音楽からは遠ざかっているという。

私がNとしりあったのは、人違いがきっかけだった。当時、彼に容姿の似た男が大学に在籍していた。そいつはSというのだが、私はそちらの方と同じクラスだった。ある日、借りていたノートを返すために構内でSを呼び止めたら彼の様子がおかしい。会話が噛《か》み合わないし、初対面のように接する。しばらくしてようやく、ひと学年下に在籍する完全なる別人、Nという男だとわかった。それからNとも交流することになり現在に至る。

「ところで相談というのはですね、僕、小説を書いてみたいとおもってまして」

ひとしきり雑談をしたあとでNは言った。

「小説になりそうな、あるアイデアがあるんです。でも、どうやって書いたらいいのかがよくわからなくて、先輩に相談してみようかなと。そのアイデアというのが、時間を使ったSFなんです。今、僕には同棲《どうせい》している恋人がいるんですけど、彼女に言われたんです。『これはたぶん時間SFになるよ』って。先輩、確かそういう本をいくつか書いてましたよね？」

ビールの追加を注文しながら、Nに執筆意欲をもたらしたという小説のアイデアについて聞いてみる。

「ある女がですね、お酒を飲んで酩酊《めいてい》するんですよ。ふらふらしてきて、ついには、今が何時何分なのか、よくわからなくなるんです。そういうことって、ありますよね。だけど彼女の場合、実際に時間の混濁が起きてしまうんです。」

時間の混濁？

「はい。時計を見ると、例えば九時十分だったとしますよね。でも、ふと目を離した隙に、今度は八時四十五分だったりするんです。見間違いなんかじゃないんです。彼女はほんとうに、酩酊状態で意識が混濁するみたいに、時間の前後がわからなくなって、今よりもすこしずれた時間に迷いこんでしまうんです。まわりの人には、彼女がずっと同じ場所で酔っているように見えるんです。だけど、彼女の意識だけが、ふらふらとどっかへ行っちゃうんです。会話がつながらなくなって、一体何の話をしてるんだろうとおもったら、それから三十分後に出た話題とつながったりするんです」

足元がふらつくように、意識が時間という軸の上を行きつ戻りつしてしまうイメージだろうか。

「酔いが覚めて、女の意識がはっきりすると、もう時間の混濁はなくなるんです。だからその女が垣間《かいま》見《み》ることができるのは、その手前まで、酩酊している間だけなんです。酔いが覚めると彼女の意識は、再び時間の流れに固定される。酩酊がはじまって、酩酊が終わるまでの範囲で、過去や未来が混濁して見えてしまうというわけです。だ

けど、このアイデアをどうやって広げていって、小説の形にすればいいのかがわからなくて……」

私はそのアイデアから想定しうる物語を連想してみる。

たとえば、未来を垣間見ることによって、だれかの窮地を救うというような展開はどうだろう。酔っているため、窮地を救いに行こうとしても、よろけてしまうし、車の運転もできないし、だれかに助けをもとめても、酔っ払いの妄言だとおもわれるにちがいない。主人公にハンデがあるのは、作劇上、都合がいい。ピンチを演出できるし、酒というアイテムが機能する。しかしNは異なる方向の作品を望んでいた。

「この能力を使って、主人公がお金儲《もう》けをするような話はできないでしょうか」

たしかに、未来が見えるのであれば、その力をつかって大金を得ようとかんがえることもあるだろう。私はいくつかのアイデアを出してみた。中でも、競馬を利用した金儲けのアイデアならば、現実的ですぐに物語にできそうな気がした。

「競馬ですか？」

今は、インターネットを利用して手軽に馬券を購入することができる。パソコンやスマートフォンさえあればいい。レースの数分前まで遠隔地から馬券を買うことができるのだ。ただしこのやり方には協力者が必要である。

まずは女がアルコールを摂取して酩酊状態になる。次に協力者が彼女にたずねる。

「さっきのレースの着順は？」

実際はまだレースがはじまっていない。しかし、酔って未来を垣間見たのであれば、女は馬の着順を口にすることができるだろう。協力者はネット経由でその馬券を購入するだけでいい。

各馬がゲートに収まり、一斉に走り出す。競馬場は興奮の坩堝《るつぼ》と化す。騎手を乗せた馬たちはコーナーを曲がり直進し、そしてゴール。

購入した馬券は、なぜかすべて的中する。

「どうして当たるんです？」

なぜならレース終了後、協力者は酩酊する女の耳に、馬の着順を言い聞かせるからだ。酩酊した彼女の耳はいわばタイムトンネルのような役割を果たす。彼女の頭の中では時間の混濁が起きているため、レース後に聞こえた言葉を、レース前の時間にいる協力者へと伝えることができるのだ。

酩酊状態の彼女には、過去も未来も存在しない。レース前の世界も、レース後の世界も、等しく彼女の周囲にある。それを利用すればいい。

「ほんとうにそんなことで馬券が当たるんですか？」

ビールで酔っぱらったＮは半信半疑の目で私を見ている。いっそのこと私がそのアイデアで書こうか、と提案してみた。

「いいえ、僕が書きますよ。さっきのアイデア、試してみます！」

試す？　その言い方に引っかかりを感じたが、そのアイデアで執筆してみる、という意味だろうと私はとらえる。

　さらに日本酒を何杯か酌み交わして店を出た。飲み代をおごると、Nは頭を下げて恐縮していた。

　後日、Nに会ったという話を共通の知人にすると、「お金を無心されたんじゃないか」と心配された。私はしらなかったが、Nには借金があるらしい。仕事もしておらず、同棲している女性に養ってもらっている状態だという。もしかしたらNは、小説を書いて人生の一発大逆転を狙っているのかもしれない、などとそのときはかんがえていた。

　半年が経過する。その期間、連絡がなかったので、彼が執筆しているのかどうかはわからなかった。彼と会ったことなどわすれかけていたある日の昼下がり、街角で私は彼と遭遇した。

　蕎麦《そば》屋を出て、仕事場までの道をあるいていたときだ。

「先輩！」

　声をかけられてふりかえると、黒塗りの高級車がとまっていた。運転席にNの顔があり、私にむかって会釈する。私はおどろいた。彼が乗っている車の表面は、顔が映

りこみそうなほど美しい。

「この車、どうです。納車されたばかりなんですよ。僕の車なんです。先輩、お話ししたいことがあるので、乗ってください」

どうぞ、という仕草で彼は後部座席を指し示した。

二

Ｎの運転する車は首都高へと入る。目的地のない、新車の走りを楽しむためのドライブだという。後部座席の革張りのシートに座って、ハンドルを握るＮの手首を見つめる。きらびやかでずしりと重そうな腕時計が巻かれていた。お金に困っているという噂を聞いていたが、あれは何かのまちがいだったのだろう。

「先輩、その節はありがとうございました。この車を買えたのも、先輩のおかげです」

車はビルの隙間を縫うように高速道路を走行する。

「先輩におそわったとおりにやってみたんです。馬券の買い方を勉強するところからはじめました」

馬券を買った？　小説の話ではなく？

「馬券って、いろんな種類があるんですね。ためしに三連単というのを買ってみたんですよ」

三連単。正式名称は、馬番号三連勝単式勝馬投票法という。一着、二着、三着となる馬の馬番号を着順通りに的中させる投票法のことだ。当てにくいかわりに高配当が期待できる。過去には百円の馬券がおよそ三千万円になったレースもあったはずだ。

「当たりましたよ。何回も。簡単でした。みるみるうちに貯金が増えていきました。払戻金を預金口座に振り込んでもらったんですが、ＡＴＭの残高の表示を見て、機械が壊れたのかとおもいました」

Ｎは車線変更をおこなう。立ちならぶビルの隙間から海が見えてきた。

「僕は嘘をついていました。小説を書こうとしていたわけじゃなかったんです。先輩に話した小説のアイデアは、おもいついた架空の話なんかじゃなかったんです。酩酊して時間が混濁する女って、僕の恋人のことなんですよ」

彼は今、Ｆさんという女性とつきあっており、同棲もしていた。経済的にも彼女が彼を支えていたという。

「Ｆの能力に気づいたのは一年ほど前でした。もともと彼女はお酒を飲まなかったんです。だけどある日のことです。僕、パチスロで勝ちまくったんです。家で祝杯をあ

げようとおもって、いろんな種類のお酒を買いこみました。店の棚にならんでいたリキュールなんかをごっそりと買い物カゴに入れて、家で彼女のためにカクテルを作ってみたんです。バーで働いたことなんかありませんよ。なんとなく直感で、てきとうにいろんなものを混ぜました。だけどそれを、彼女が気に入ってくれたんです」

　そしてＦさんは酩酊した。とろんと眠そうな顔つきになり、話しかけてもぼんやりとした様子だったという。

「酔った状態の彼女を見るのは、はじめてのことでした。でも、しばらくすると、意味不明なことを言いだしたんです。僕のお酒をじろじろと見て、『あれ？　このグラス、さっき割れたはずじゃなかった？』って。彼女は、それが床に落ちてばらばらに砕けた場面をさっき見たと言うんです。酔っぱらって夢でも見ていたんじゃないかと僕は笑いました。だけど、そうじゃなかった。その会話から十分ほどして、僕は手をすべらせてグラスを落としてしまったんです。彼女の言った通りになったんですよ」

　砕けたグラスの破片が床にちらばった。

　彼女は、とろんとした表情でそれを見ていたそうだ。

「そのときは偶然だろうとおもったんです。だけど、似たようなことがその後も起きたんです。テレビを見ながら、これから起こる出来事を先に言ったりするんです。それ以降、一緒にお酒を飲みながら、僕はすこしずつ、酩酊状態の彼女に起きている奇

妙な出来事について理解するようになったんです」

酩酊がはじまり、覚めるまでの範囲内で、彼女の意識は時間をさまよっていた。それは意識の混濁にも似ているという。コントロールはできない。数分前と数分後が入り乱れるように彼女の前に現れる。

素面《しらふ》の状態にもどると、時間は正常に流れはじめるため、生活に支障はない。睡魔におそわれて短い眠りをはさんだとしても、酩酊状態が連続していれば、居眠り後の時間さえ、居眠り前に垣間見ることができたという。

「おかしなこともあるもんだな、と僕たちは気軽にとらえていました。何かこれを飲み会の席で芸にできたらいいねって。きっとみんな盛り上がってくれるんじゃないかって。そんなときでした。僕が友だちにお金を借りていることが彼女にばれたんです。Ｆは怒って僕を就職させようとしました。だけど僕は、働くのが嫌でした。そんなときにＦが『小説を書いてみたら？』なんて言うんです。『これはたぶん時間ＳＦになるよ』って。それを聞いて、僕は先輩のことをおもいだしたんですよ。以前、先輩が執筆した作品に、主人公がタイムスリップして過去に行く話があったじゃないですか。主人公は過去の世界で、株の銘柄と価格の推移をノートに書いて、若い頃の自分自身に渡してましたよね。そうやって主人公が大金を稼ごうとする話です。もしかしたら僕も、酩酊状態のＦに協力してもらうことで、似たようなことができるかもしれない

とかんがえたわけです」
彼には、その具体的な方法がおもいつかなかった。そこで私に連絡をとり、小説のアイデアがあるという嘘をついて相談を持ちかけてみたという。

半年前、私から競馬を利用したアイデアを教わり、NとFさんは計画を実行にうつしたそうだ。まずはFさんにお酒を飲んでもらい酩酊状態になってもらう。これから行われるレースの結果を質問してみると、彼女はとろんとした顔つきで、三つの数字を口にした。一着、二着、三着の馬番号だ。Nはいそいでネット経由で馬券を購入。見事に的中したという。

「おどろきと、うれしさで、頭が真っ白になりました。レースの結果を彼女に伝えなくちゃいけないのに、声が出なかったんです。幸い、テレビの競馬中継で、着順が何回もくり返されていましたから、彼女はそれを聞いていたみたいです」

時間が混濁している状態の彼女の前には、レースが終わった世界と、レースがはじまる前の世界が同時にある。彼女は過去の世界のNに競馬中継の情報をもたらすことに成功したわけだ。

二人は大金を手に入れた。私のアイデアで。

「先輩に、いくらかお支払いさせてください。Fと相談して決めました。先輩にもお金を受け取る権利がある。僕たち三人は、チームみたいなものですよね？」

勝手にチームの一員にされてしまった。しかしありがたい。お金にそれほど困っているわけではないけれど、ないがしろにされていないと思える気遣いがうれしい。私は申し出をことわったけれど。

「え、どうしてです？」

車はレインボーブリッジを走行している。見晴らしのいい景色がひろがっていた。

私はお金を受け取らない代わりに、提案してみた。Fさんに会わせてほしい、と。未来を垣間見るその瞬間に立ち会わせてもらえないか。人間の意識が時間の流れから解き放たれる現象が実際にあるのだとすれば、それは私にとってロマン溢《あふ》れることなのだ。時間SFと呼ばれるジャンルを愛好しているが、それらの現象を実際に目の当たりにすることはないだろうとあきらめていた。意識だけでも、過去や未来にむかって飛びこえることが可能だという事実は、私のような人間にとっての福音に他ならない。いつも夢見ていたものが、存在しないとおもっていたものが、手の届く範囲に急に現れたようなものだ。

「なんだ、そんなことでいいんですか？」

すべてがNの仕掛けた壮大な嘘だという可能性もまだある。Fさんに会うことで真偽を判定することができるだろう。

しかし一抹の不安がなかったわけではない。小説を書くという職業のせいか、過去

の様々な物語を参照しながら世界を見てしまう。たとえばNのように、一夜にして富を手にした者は、大抵の場合、破滅的な最後をむかえるというのが、古今東西の物語のフォーマットなのだから。

三

ドライブから数日後、仕事場で執筆に行き詰まっていると、スマートフォンに着信があった。Nの名前がディスプレイに表示されている。Fさんに会わせてもらう件で連絡をよこしたのだろうか。しかし、電話越しに聞こえてきたのは切迫した彼の声だった。

「先輩！　先輩！　助けてください！」

気が動転している様子だ。彼の声の背景に、すすり泣くような女性の声があった。Fさんだろうか。落ちつくようにと彼をなだめ、何があったのかと質問する。

「あの、何から話せばいいのか……。いつもみたいに、お酒を飲んだFに、レースの結果を教えてもらおうとしたら……、それが、変なことになっちゃって……」

二人は同棲先のFさんの家にいるらしい。マンションの一室で、酩酊による時間混

濁を利用した荒稼ぎを今日もやるつもりだったという。競馬中継を見ながらＮはカクテルを作り、Ｆさんはそれを口にしたのだが……。

「意味が、わからないんですよ。なんか、僕が、倒れてるって言うんです」

レース開始まで十分を切っていた。馬券購入の締め切り時間がちかづく。Ｎは彼女に馬の着順を質問した。しかしＦさんは突然にＮの名前を叫びだしたという。

「血まみれの僕が、床にたおれて、うごかないって……。彼女、そう言うんですよ。これって、変ですよね？」

Ｆさんはそれから泣き出したそうだ。彼は困り果て、馬券を買うこともできないままレースがはじまった。お金を儲け損ねたという悔しさがおさまると、次第に怖くなってきた。彼女の垣間見た光景がすこし先の未来だとするなら、これから自分は血まみれで倒れることになる。彼は混乱し、そして私のことをおもいだした。私ならば解決案を提示してくれるかもしれないと、すがるような気持ちで電話をかけたのだという。

「先輩、僕、どうなるんですか？　今から、何が起きるんでしょうか？」

情報が足りなかった。血まみれで倒れていた？　怪我をしていたのか？　それはどういう怪我だったのだ？

酩酊状態の彼女に電話をかわってもらった。Ｆさんとの、はじめての対話である。スマートフォンに耳をすますと、しゃくりあげるような声がする。呼びかけると、ア

ルコールのせいでろれつのまわっていない彼女の声が聞こえてくる。

「……あ、あの……、お電話……、かわりました……」

私は質問する。何を見たのかを。

「……わかりません。……たくさんの血が、たぶん彼の血が、部屋中に……。私はなぜか別の部屋で酔ってて……、リビングにきたら、彼がうつぶせに、倒れてたんです……」

血の量を聞いてみた。たくさん、という返答がある。彼女はこらえきれずに泣き出し、再び電話はＮの手にもどされる。

「僕はどうすればいいですか？　あの、僕、これから死ぬってことなんですか？　彼女がそういう光景を見たってことは、そうなんですよね？」

それはどうだろうか。

Ｆさんの発言をおもいだしてみたが、一度も彼は死んでいたなどと口にしていない。これは重要なことである。血まみれで倒れていた、としか彼女は言っていないのだ。彼女は酩酊状態の中で、血まみれのＮを目視した。そこから先、脈をしらべてみたり、呼吸の有無を確認してみたりはしなかったのだろうか。出血箇所の状況、怪我の原因などを把握しなかったのだろうか。本来なら彼女に詳細を問いたいところだろう。しかし私はそうしなかった。

意図的に情報を穴あきの状態に保っておく。Fさんに詳細を聞けば、そこにむかって未来が収束していくような気がしたからだ。

「せ、先輩、僕まだ死にたくないです。先輩、僕、僕……」

Nも泣きだしてしまう。成人男性の泣いている声は、私を居たたまれない気持ちにさせた。

「稼いだお金の半分を差し上げます！　だから、先輩、助けてください！」

……そこまで追い込まれても、半分なのか。Nという男のことを大学時代からしっているが、人間としての器がちいさいことで有名なのである。何も成し遂げることができず、いつも途中で投げ出してしまう。弱音を吐き、誰かを頼ることでしか生きられない。だけど私はそのような人間にこそ共感した。私自身が器のちいさな人間だからにちがいない。

私は彼に提案する。まずはFさんにもっとお酒を飲ませてほしい。いそいで彼女のお気に入りのカクテルを作って渡すのだ。

「どうしてです？」

Fさんの見る未来は、酩酊がはじまってから、酔いが覚めるまでの範囲だ。それならば、できるだけ酩酊状態を長引かせたほうがいい。このままお酒を飲ませず、例えば三十分後に酩酊状態が終わるとするなら、Nが血まみれになる未来は三十分以内に

訪れることになる。飲酒をつづけさせて酩酊状態を長く維持させれば、その未来の訪れを遅らせることができるかもしれない。そうして問題に対処する時間をかせぐのだ。噛みくだいて説明したので、Ｎにも意図がつたわった。

「すぐに作ります！」

レシピの存在しない、Ｎが直感で作ったオリジナルカクテルがＦさんにあたえられる。Ｆさんも、自分が酩酊状態を抜け出さないことが大事なのだと理解して飲んでくれたようである。

もしかしたらＦさんを、今後一生、アルコール漬けにすることで破滅的な未来を回避できるのではないか？　などとかんがえてみたが、それこそバッドエンドの極みである。彼女には会ったこともないが、Ｆさんの将来を不幸にするくらいなら、Ｎの命を犠牲にしたほうがましだろう。

「先輩、僕が助かる方法って、あるんでしょうか？」

わからない。抜け道はあるかもしれない。私はそのように回答する。

「助かるんなら、なんでもします」

じゃあ今回の一件を小説にして『文芸カドカワ』に掲載してもいいだろうか？

「もちろんですよ！」

よかった。原稿依頼を受けていたのだが、書きたいとおもえる小説のネタがなかっ

たのだ。今回の一件について書いていいのであれば、私は非常にたすかる。

　やる気を出して今後の方針について話した。重要なことは、Fさん自身、自分が何を見たのかを明確にはしらないままだということだ。不連続な時間の流れの中で、彼女は未来の断片を目にしたにすぎない。Nが血まみれになった経緯がわからない。その情報のすくなさが抜け道となる。

「どういう意味です？」

　彼女は、Nが絶命する瞬間を見たわけではない。血まみれでたおれている姿を見ただけだ。その光景と矛盾しない状況をこちらから演出する。具体的に説明するなら、大量の血糊《ちのり》をつかって血まみれになったように見せかけ、床に倒れて死んでいる様を演じることにより、彼女が垣間見た未来の断片を作り上げるのだ。

「僕が死んだふりをして、Fをだますってことですか？」

　その声が彼女に聞かれているんじゃないかと心配し、小声で話すように指示する。

　Fさんの情報は穴あきだ。Nがほんとうに死んでいたのかどうか、重要な情報は語られていない。それなら、実際はNが死んだふりをしていたのだとしても齟齬《そご》が生じることはなく、未来はその状況にむかって収束するはずだ。

「……わかりました、やってみます」

　Nの決意するような声が、電話越しに聞こえてきた。しかしほどなくして、その決

意も無駄に終わることになる。

彼女が死体を発見したのは、深夜二時のことだった。カクテルを飲んで酩酊状態に入ったのが前日の午後二時だったと聞いている。およそ十二時間、眠っていた時間も含めてだが、彼女は酩酊状態を維持していたことになる。

Fさんにはその日、何が見えていたのだろう。事件からしばらくして、ようやく本人から直接に聞くことができた。

四

私は神保町《じんぼうちょう》の喫茶店にいた。うす暗い店内には煙草の煙が靄《もや》のように立ちこめている。珈琲《コーヒー》を飲んでいるとドアが開閉し、若い女性が入ってくる。彼女は店内に視線をさまよわせ、私に目をとめた。

「お時間をつくっていただいて、ありがとうございます」

Fさんは私の席にちかづくと頭をさげた。やさしそうな顔立ちの、かわいらしい人

だった。むかいの席に座ってもらう。お会いしたかったのは、こちらもおなじだ。あの日についての詳細を彼女に聞いてみたかった。

「私はまだ彼のことを愛しています」

彼女は目元に涙をためた。Nのいない生活には、まだなれないらしい。

「時間が混濁すると、目と耳が急にぼんやりと滲《にじ》むように、別の場面になるんです。あの日、私は、血まみれで倒れている彼の姿を見てしまいました。競馬のレースがはじまる直前のことです」

今にしておもえば、それは十二時間後の未来の断片的な映像だった。すべてが終わり、俯瞰《ふかん》的に状況をながめることができるようになって、そのことがわかる。

Nは動転し、私に連絡をよこした。私とNは今後のことを相談し、私はネットで血糊の作製方法を大急ぎで調査した。必要な材料は、赤色の食用色素と、蜂蜜《はちみつ》もしくは水飴《みずあめ》。Nはそれらを買いに出かけたのである。

「私にできることは酩酊状態を維持することだと言われました。寝室に移動させられ、彼の作ったカクテルを飲みつづけました。彼は、お酒の追加を買ってくるからと言って外へ出て行きましたが、実際には血糊の材料を買いに行ったのだと後から教わりました。そのときの私は、音楽を聴きながら、忌まわしい光景を頭からふりはらうのに必死でした。立ち上がるとすでに平衡感覚もないほどでした。部屋や天井が、海の中

でゆれている海藻みたいにゆったりとうねりはじめ、それから何度も何度も私の意識は時間を超えてさまよいだしたのです」

彼女の聴いていた音楽がいつのまにか変わっていたという。サビが歌われる前に別の曲へと変化している。音楽が自動的にスキップしたのではない。聴いている彼女の意識が別の時間へと移動したために、音楽が不連続なものに感じられたのだ。彼女のとっていた姿勢にも変化があったという。ベッドで横になっていたはずなのに、いつのまにか床に座っている。窓の外も、さっきまで明るかったのに、次の瞬間には暗くなっている。彼女はその日、長時間、寝室にいることになった。様々な時刻の断片が略酊状態の彼女の前に現れる。

そしてついに彼女は、さきほどの続きを見てしまう。

「寝室で音楽を聴いていたはずの私は、気付くとリビングに立っていました。目の前には血まみれの彼が倒れていて……」

今度は彼にちかづいて体をゆすっていたという。泣きながら名前を呼んだ。彼の体温はすでに失われていた。あきらかに死んでいたという。首を包丁で切られており、その傷跡が確認できた。頸動脈《けいどうみゃく》から溢れた血が天井にまで染みを作っていたそうだ。

生きているのか、死んでいるのか、曖昧《あいまい》な状態で保たれていた彼の未来は、Ｆさんの観測により、破滅的な方向へと収束した。

「『気狂いピエロ』でジャン＝ポール・ベルモンドが、顔を青色に塗ってましたよね。あれを赤色にしたみたいに、顔全体が血で汚れていました」

彼女が垣間見たのは、わずか十数秒間の未来でしかなかった。それでも、私とNのたくらみを挫《くじ》くのに充分だった。横たわっていたのはまぎれもなく死体で、血糊によって偽装したものなどではなかったのだから。

血糊の材料を買って帰宅したNに、Fさんは報告をした。

死因は首を包丁で切られたことによる失血死だと。

実はあの日、私の元にNから二度目の電話があった。Fさんから自分の死を告げられた直後のことだ。

「先輩、僕は、やっぱり、死ぬんですね？」

穴あきだった情報は逃げ場のない形で補塡《ほてん》されてしまったのだ。

沈黙の後、私は新たな意見を述べる。Fさんを別室へ連れて行き、酩酊状態が途切れないように大量のカクテルを作り置きして渡すこと。それから、旅支度を手早くすませて、家を出て、遠くへ逃げること。

未来が改変可能であることにのぞみをかけた。時間をテーマとする物語において、登場人物に目撃された未来の光景は、決して不変のものではない。主人公たちの行動によって、異なる世界線へとシフトすることにより、未来に変化が生じることもある。

今回の場合、Ｆさんのマンションでは死んでいた。それなら、今すぐにマンションから出て行き、二、三日戻らなかったらどうなるだろう。Ｆさんが酩酊状態にある間、絶対に家には近寄らないようにする。そうすれば、Ｎがマンションで死んでいるという状況は起こりえないはずだ。

「……そうしてみます」

Ｎは旅行鞄《かばん》に着替えと財布を突っ込み、Ｆさんが長く酩酊状態を維持できるようにと、カクテルを何杯も作り置きしてマンションを出たという。

「彼の出て行く、ドアの開閉する音を聞きました。だけど私は、言われたとおりに寝室で酩酊状態を維持しつづけていたんです。そのうちにねむけにおそわれて、私は眠ってしまいました……」

彼女が見た光景へと未来はかならず収束するのか、それとも私たちの意思によってその結果をねじまげることが可能なのか、それは賭《か》けだった。運命という巨大な流れに対し、はたしてちっぽけな人間がどれほど逆らうことができるのか、私にもわからなかった。Ｎが外へ出て行くとき、私は正直に話した。どれだけ遠くへ逃げたとしても、安心は保証できない。時間というものが内包する強制力に取り込まれ、自分の意思とは無関係に否応《いやおう》なく家へもどることになり、死神に首をかき切られるかもしれない。それでも立ちむかわなければならないのだ。生きのこるためには。

「わかりました。先輩、ありがとうございます。僕は、あがいてみたいとおもいます」

そのやりとりを最後に通話は途絶えた。こちらからかけてもつながらなくなり、仕事場で彼からの報告を待った。しかし夜になっても連絡はない。仕事は手につかず、かといって酒を飲むこともためらわれ、夜の町並みを仕事場の窓から見下ろしていた。

翌日、警察から電話があった。

Nのことは今でも愛しているとFさんは言う。

「死体を発見した瞬間は、まるで長くつづくデジャヴのようでした。時間が混濁していた際に垣間見た情景そのままだったんです。深夜二時ごろ、どうしてもトイレに行きたくなって部屋を出ました。するとそこに、あの、忌まわしい光景が……」

首を包丁で切られた死体が、まぎれもない現実のものとして彼女の目の前にあったという。まだ酩酊状態にある彼女は、泣きながら彼の名前を呼び、体をゆすった。やがて、泣いているうちに、気を失ったという。

「次に目が覚めた時、朝になっており、アルコールが抜けている感覚がありました。目の前に死体があって……。でも、私は、おもいちがいをしていたんです。顔一面に赤い血がついていたから、すぐにはわからなかったんです。血でごわついている頭髪にふれて、そのときにようやく、見覚えの無い耳の形に気づきました」

私は彼に、家から遠くはなれて絶対にもどるなとアドバイスをした。しかし警察の捜査によれば、Ｎは私の忠告を無視している。

彼は家を出た後、大学時代のしりあいに次々と連絡を入れて、かつて在籍していたＳという男の現住所を探っていたという。Ｓは私の同級生で、よくノートを貸してもらっていた相手だ。Ｎとしりあったのも、彼の存在があったからに他ならない。その二人は顔立ちが非常に似ていた。しばらく話し込まないと、別人だと気づけないほどに。

Ｓは大学卒業後も都内に住んでいた。Ｎは友人を通じてその情報をつかみ、数時間後には接触を試みている。Ｓは事業がうまくいっておらず、金銭的にゆとりのない状態だった。Ｎは、金と引き換えにある依頼を持ちかけたらしい。

「誕生日の恋人をびっくりさせたいから、自分のそっくりさんを探してるんだ。急で申し訳ないんだけど、うちまで来てくれないか？」

Ｎはタクシーで Ｓとともに Ｆさんのマンションへもどってくる。音をたてずに玄関から入り、衣服を交換し、リビングにいき、そして包丁でＳの首を切った。動脈から溢れた血が天井にまで飛んで染みをつくる。寝室でＦさんは酔いつぶれて寝ていたので物音には気づかなかったという。

翌朝、Ｆさんの通報により警察がうごいた。それから間もなく、Ｎは近所の公園にいるところを見つかり、身柄を拘束されたという。Ｎに悲愴《ひそう》な雰囲気はなく、目が光

を帯び、何かをやり遂げて満ち足りたような顔をしていたので、警察官たちは異様なものを見るように彼と接したそうだ。

Fさんが珈琲に口をつける。

「これから彼に面会する予定なんです。酩酊状態で未来が見えること、警察には結局、信じてもらえないままだったのが、すこし残念です。何回、話しても、うまくつたわらなくて。変な薬をやっているんじゃないかって、検査を受けました」

Nの犯行動機について警察は頭を悩ませている。なぜSは殺されなくてはならなかったのか。NとFさんは酩酊状態の時間混濁について説明したが、事件のショックで混乱しているものと判断され、取りあってはくれなかった。しかし警察は、報酬と引き換えに自分を演じさせるというNの提案に注目していた。

もしかするとSをマンションに招いた後、両者の間で金銭トラブルがあり、喧嘩《けんか》に発展して発作的に殺害してしまったのではないか？ そのほうが現実的でわかりやすく、警察関係者にも浸透したようだ。Sの人物像もまた話の信憑《しんぴょう》性を高めている。Sはこれまでにも金銭トラブルをおこしており、短気で家族にも暴力をふるっていたというのだ。

被害者となったSは不運な男だ。この事件において、彼が死なねばならない理由な

ど、なかったのだから。Ｆさんは彼の死に責任を感じていた。のこされた家族へ、多額の賠償金が支払われることになっている。競馬によって得られた資産も、それで大半が消えるという。

「だけど不思議なんです」

Ｆさんが首をかしげる。

「あんなことがあって、私、もうお酒を飲まないようにしようとおもったんです。だけど一度だけ、時間の混濁がほんとうにおこることを証明するため、刑事さんたちの前で酩酊状態にならなくちゃいけなかったんです。警察署の一室で、特別に飲酒の許可がおりて、私はお酒を飲みました。だけど時間の混濁は起きなかったんです。足下がふらつくようになっても、時間はきっちりと連続性を保ったままで……。私からはもう、あの特別な力は消えてしまったのかもしれません」

そのとき飲んだお酒の種類は？

「市販されている缶入りのカクテルです」

すこしかんがえて、私は、ある可能性におもいあたる。もしかしたらＦさんには、酩酊して未来をのぞき見る能力なんてものは、はじめからなかったのかもしれない。

「でも、実際に競馬で、起こりえない確率で当たりました」

だからつまり、特別な能力があったのは、Ｎの方だったのかもしれない。

「彼に……？」

酩酊状態で時間の混濁を引き起こすとき、飲んでいたのはいつも、Ｎが作製したカクテルだった。彼女はそれ以外のお酒を飲んではいなかったのだ。Ｎが逮捕された後、酩酊しても未来が見えなかったのは、市販されているアルコール飲料だったからではないのか。Ｎがてきとうに様々なリキュールを混ぜて攪拌《かくはん》したカクテルこそが、人の意識を時間軸から解放させるタイムマシンだったという可能性はないだろうか。

　Ｆさんは複雑な表情になる。おかしくて笑い出してしまいそうな、同時に今にも泣き出してしまいそうな顔だった。

　しばらくは確かめることができない。実を言うとＮは、逮捕後に病院へ収容され、アルコールに関する話をすると耳をふさぐようになっていた。それでも精神状態は安定しており、顔つきは以前よりもおだやかなのだという。

「あのカクテルの、レシピがのこっていたら、それがだれにでも再現できる類《たぐ》いのものだったら、大発見だったでしょうね。だけど、たぶんそんなものは存在しない方が良いのです。だからこれで、良かったんです」

　彼女はそう言って立ち上がる。面会の時刻が迫っているという。珈琲の代金は私が支払うことにした。Ｆさんは私に頭を下げると、喫茶店の扉を開けて、明るい日差しの中へ出て行った。

布団の中の宇宙

一

小説家という人種は、オカルトめいた出来事に遭遇する割合がおおい。執筆にむきあう際、精神を研ぎ澄ますため、日常生活を送る上で塗り固めてしまった心の殻が剥《は》がれ落ち、霊的なものを呼び寄せるのだという。私もまた作家のはしくれだ。作家仲間とつきあううちに、彼らの体験した奇妙な出来事が自然とあつまってくるようになった。中には紹介できないものもあるが、いくつか問題のない範囲で記録にのこしておきたいとおもう。今回は、Ｔさんについての話だ。

Ｔさんが最後に本を出版したのは、およそ十年ほど前のことだった。彼の作品は、よく売れるというわけではなかったが、批評家からの評判が良く、同業者にもファン

がおおかった。かつて美術大学で油絵を専攻していたそうだが、確かに彼の小説を読むと、鮮やかにその場の光景が頭に浮かんだ。この世のどこともわからない異界を舞台に執筆したとき、彼の風景描写の技は冴《さ》える。端的な言葉の連なりによって豊潤な世界が紡ぎ出されるのだ。まるで絵描きのように彼は小説を執筆し、印象的な場面は読者の胸にいつまでも焼き付いた。残念ながら増刷があまりかからなかったのは、物語の筋が曖昧《あいまい》でわかりづらかったせいだろう。

　飲み会でＴさんとお会いしたとき、小説が書けなくて苦しそうだった。印税収入も途絶え、家族からも見放されそうだと自嘲《じちょう》していた。彼には奥さんと中学生の娘さんがいた。

「本当はこの飲み会にも来たくなかったんだ」

　Ｔさんは落ちくぼんだ目で私たちを見ていた。その目には光がなく、どんよりと曇り、死の気配があった。作家連中ばかりがあつまる飲み会だったのだが、十年近くも本を出せていない参加者は彼だけだった。

「自分がみじめになるから断ろうとおもってた。でも、娘がＮさんのサインをほしがってね」

　Ｎさんはベストセラーを連発している作家で、その作品は中高生に人気がある。執筆が速いことでも有名で、一年間で五冊以上は出版しているだろう。飲み会にＮさん

が参加すると聞いて、Tさんはやってきたというわけだ。彼は鞄《かばん》から色紙と筆記具を出すと、Nさんにサインを書いてもらっていた。

「ありがとう、Nさん……」

色紙を大事そうに抱えて彼は頭をさげた。

私たちはTさんに、スランプの原因は何なのかと聞いてみた。

「僕はたぶん、書きたいものを書き終えてしまったんだ。すっかり何も頭におもいうかばなくなったんだよ」

飲み会の後しばらくして、彼は離縁を言い渡されたという。しりあいの編集者からそのことを聞いた。

小説というものは、突然、理由もなく書けなくなることがある。私にもスランプの時期があった。自分の書く小説がつまらないものにおもえて、一切のやる気が失《う》せてしまい、文章が出てこなくなった。書けない作家は、ただの無職だ。貯金が減るばかりで、収入のあてもなく、かといって今さら他の職を探す気にもなれない。どんなものでもいいから、とにかく書こうとして、パソコンの前に座ってみるのだが、一行も出てこないまま何時間もたっていた。

書けないときの対処法に関する話題は、作家仲間が集まったときにかならず出る人気のトークテーマだ。ある人は、一時的に書くのをやめて映画や音楽に触れるという。

ある人は、ジョギングなどの運動をして気分を変えるという。執筆に使用するテキストエディターを別のものにするという人もいれば、いっそのことノートにボールペンで書いてみるという人もいる。様々な気分転換の方法をそれぞれの作家が独自に編み出し、スランプという悪魔に対抗しているのだ。

しかし、十年という長期間のスランプを患っているTさんの症状は深刻で、並大抵の方法では打ち破れるものではないはずだ。Tさんはもうこのまま小説を書かず、出版界から消えてしまうのかもしれない。そんな予感がしていた。私だけでなく、同業者仲間も、編集者も、かつての彼の読者でさえも、そうおもっていただろう。

そんなTさんが、ある日、新作の短編小説を発表するという情報が流れた。とある文芸誌に読み切り作品が掲載されるという。知人の作家のTwitterでそのことをしり、いつもは買わないその文芸誌を購入した。

彼の作品が、確かに載っていた。それは、まぎれもなくTさんの文章だった。この世とも、あの世ともつかない、おぼろげな世界をさまよう人々の物語だ。あいかわらずストーリーラインは曖昧だったが、選び抜かれた言葉たちが私の頭の中で独特な世界観を構築する。紫色の夜、金色の麦畑、登場人物の見ている景色が文章の向こう側からせまってくる。

興奮した私は、Tさんのメールアドレスに感想文を送った。彼が小説を再び書いた。

短いながらも完成させた。それはうれしい出来事だった。また、どのような経緯でスランプを抜け出せたのか、という質問もぶつけてみた。

翌日、Tさんから返信があった。

「感想ありがとうございます。僕は今、次の作品を執筆中です。書くのがたのしくてしかたありません。今度、お会いしませんか。最近、おかしな出来事があり、だれかに話したくてしかたないのです。僕がまた小説を書き始めることになったことも無縁ではありません」

　私は、Tさんに食事をおごることにした。スランプという病気への効果的な薬をおしえてもらえるのなら、食事代くらいどうということはない。

二

　私とTさんは吉祥寺駅の北口で待ち合わせて飲み屋に入った。ビールを飲みながら雑談や近況報告などをすませて、先日、発表した短編の感想を口にする。彼の元に届いた反響は、まだそれほどおおくはないという。しかし、かつて若いころに読んでい

たという読者の方から、熱を帯びたメッセージが編集部に送られてきたそうだ。担当編集者がプリントして彼に読ませてくれたらしい。

「……本当に、良かった。ああ、ビールがおいしいですよ」

Tさんの顔は明るい。以前あったような死の気配はすっかり消えていた。

「これもすべて、あの布団のおかげだ」

と、彼は言った。

布団? 私はおもわず、聞き返す。

「寝るときにつかう、布団のことです。僕がまた小説を書きはじめたのは、一人暮らしをはじめて、中古で布団を買ったことがきっかけなんです」

アルコールのおかげで軽く酔いがまわっている。店内はにぎわっており、近くの席の笑い声でTさんの言葉が聞き取れないことがある。私は注意深く彼の声に耳をすませた。彼が重要な話をはじめていることがわかったからだ。

「もうお聞きになっているかもしれませんが、僕、離婚を言い渡されまして……。ろくにはたらきもせず家にいるものだから、愛想をつかされてしまったんです。しょうがありませんよ。住んでいた家は家内と娘にのこして、僕は着替えと筆記具と携帯電話だけ持って出て行くことになったんです」

彼はまず、中央線沿いで安い物件を見つけて入居したという。担当編集者に頼み込

んで保証人になってもらったそうだ。古い木造アパートの四畳半で、トイレは共同、風呂《ふろ》はついていない。汗をかいたら水道の水で体を拭《ふ》いているという。

「携帯電話も解約しようかと迷ったんですけど、そうしなくてよかった。Y先生から感想のメールをいただいたとき、泣きそうでしたよ」

Y先生というのは私のことだ。仲間内で一番はじめに感想をよこしたのが私だったらしい。

「最初の晩、布団のない状態で僕は眠らなくてはならなかったんです。直《じか》に畳に横たわって、着替えの入った袋を枕代わりにしました。もし冬場だったらつらかったでしょうね」

彼は元嫁に連絡をいれて布団だけでももらいに行こうかと迷った。しかしアパートへ運ぶためには、布団をかかえて電車に乗って移動する必要があり、気が重かったという。

「生活雑貨を調達するために近所のリサイクルショップに足を運びました。畳だけの部屋でしたから、何もかもが足りなかった。店内をながめながら奥まで行くと、そこに中古品の布団セットが売られていたんです」

ほこりがかぶらないように半透明のゴミ袋みたいなビニールに包まれていたという。値札が貼られていたが、あまりの安さに彼はおどろいた。まるで、売れのこって邪魔

だから、だれかに引き取ってほしいと言わんばかりの値段だった。

「状態を見ましたが、問題なさそうでしたので、買うことにしたんです」

朱色の生地の敷き布団と掛け布団のセットだ。古めかしいお屋敷で使われていたかのような和風の柄があしらわれている。Tさんはその布団をかかえて木造アパートへもどった。

「あのとき、布団を買わなかったら、あの店に入らなかったら、僕はもう小説を書かない人生を選んでいたことでしょう。この歳でも雇ってもらえそうな職場を見つけて暮らしていたはずです。いや、職にありつくこともできず、のたれ死んでいたかもしれない。孤独に苛《さいな》まれて、首を吊《つ》っていた可能性もある」

窓辺で日干しした後、その晩、彼はその布団で眠ることにした。敷き布団と掛け布団の狭間《はざま》に包み込まれ、自らの体温によって布団の内部が温かくなっていく。畳へ直に寝転がったときとはあきらかに異なる寝心地。体の接地面にかかる圧力が分散され、まるで大きな手のひらの上で横になっているかのような心地になれたという。

中古品の布団など、私だったら気味が悪くて手が出せない。以前の持ち主がその布団の上で死に、遺族が店に売り飛ばしたのかもしれないではないか。そんな布団に寝たら、よくないものを見てしまう気がする。しかし病院で使われている布団が、入院患者が死ぬたびに廃棄されているかというと、そういうわけでもないだろうし、私の

かんがえすぎだろうか。

私は話を聞きながら、追加でビールを飲んでいる。酩酊《めいてい》し、いい具合に平衡感覚が失われつつあった。Tさんは、いつしか目を爛々《らんらん》とかがやかせて話している。

「その夜、僕は布団の中で、まどろんでいたんです。そのときでした、足のつま先に、何かが触れたんです」

触れた？

「それは毛むくじゃらで、温かいものだった。布団の中で犬か猫が丸くなって寝ていたところに、つま先があたったら、ちょうどそんな感触だったとおもいます。毛むくじゃらのそれは、おどろいたように体をうねらせて布団のずっと奥の方に逃げていきました。僕は飛び起きて、電気をつけて、すぐに掛け布団をはいでみたんです。だけど、それらしい生物はどこにも見当たらない。部屋のどこにもいない。扉や窓は閉め切っていましたし、部屋から逃げていくこともできないはずなのに。僕は、夢でも見ていたのだろう、とおもいました。だけど、そうではなかったんです。次の日も、その次の日も、その布団で寝るたびに、僕の足先に何かが触れたのです……」

三

Tさんは冗談を言っているのだろうか。しかし彼は真剣そのものだった。

「奇妙な出来事が起きているという自覚を最初に抱いたのは、何日かたった晩でした。元嫁と娘のことをおもいだしながら布団へもぐりこんだのです。しばらくまどろんでいると、布団にくるまれて温かくなった足先に、ふと、くすぐったい感触があったのです。麦の穂先が足の指にあたってゆれているようなこそばゆさでした。空中ブランコに座って、麦畑の上ぎりぎりの高さを滑空し、たれさがった足が穂先にあたっているような状態を想像してください。ちくちくするような、それでいてやさしいような、それはまさしく実在感をともなって、皮膚の神経を刺激しているのでした。僕はおどろいて、布団をめくってみました。日干ししたとき、風で飛んできた麦の穂がくっついていたのかもしれないとおもったんです。だけど、照明をつけてよく確認してみましたが、何もありませんでした」

起きてからもしばらくの間、足はその感触をおぼえており、彼の頭には想像した光

景がひろがっていた。見わたす限りの黄金色をした麦畑である。

毎晩、似たようなことがおこった。布団でまどろみはじめると、何かが迷いこみ、足先に触れていく。

「まるで布団の奥が別の惑星につながってしまったかのようでした。龍の鱗《うろこ》をおもわせる、硬くて刺々《とげとげ》しい皮膚が、足裏をひっかくように布団の中をよぎっていったことがあります。また別の夜には、苔《こけ》むしてひんやりと水滴のついた岩肌に足先が当たっていたこともありました。はじめのうちはおどろいてすぐに布団をひっぺがし、何もいないことを確かめていたんですが、いつからか、なれてしまって、その感触をたのしむ余裕ができました」

彼はそれらの体験を事細かに記録することにした。皮膚に生じた感覚と、胸の奥で喚起された情動を書きとめて、読み返すたびにその晩のことをおもいだす。それが小説執筆へのリハビリとなったのかもしれない。

「あの布団はもしかしたら、ワープ装置のようなもので、敷き布団と掛け布団の間にもぐりこむと、足の先がどこか見知らぬ別の場所へと出てしまうのかもしれない。それとも、僕の心の奥深くにある世界が、まどろみと同時に実体化して布団の中にだけ姿を現すのでしょうか。夢と現《うつつ》の境界線が布団の中で曖昧になっているのかもしれません」

布団の奥に広がる異界のことを彼は夢想するようになった。そこはどんな場所だろうか。どのような生物がいて、どのような景色があるのだろうか。家族のいない四畳半の部屋で一人、長い時間、Tさんは空想の旅をたのしんだ。

「あるとき、ふと、おもったんです。僕だけが触れられるその世界のことを、創作物として、のこしておきたいと」

物語の萌芽《ほうが》に出会ったとき、私たち作家は、幸福感に包まれる。それは無の暗闇から浮上し、おぼろげな状態で作家の意識の周辺をただよう。すぐに両手をのばし、指の隙間からこぼれおちないよう、大事に胸へと抱え込まなければ、煙のように消えてしまう。そういう物語の萌芽が彼にもおとずれたのだ。

「ひさしく忘れていた気分でした。書きたいという衝動が体の軸を貫いたのです。画家なら、頭に宿ったこの世界を絵にして表現していた。音楽家であれば音楽で、踊り子であれば踊りで、彫刻家であれば彫刻でこの世にのこしていたでしょう。だけど僕には、言葉しかなかった」

執筆へのプレッシャーはあった。しかし、この衝動が消え去る前にはやく書きのこさねばならないという焦りが彼を前に進ませた。当時の彼には筆記具とノートしかなかった。プロットの組み立てなどをするタイプではない。書かれるべき物語は自然とはじまり、自然と向かうべき方向へと進む。登場人物は命を吹きこまれ、Tさんが登

場人物を書いているのか、それとも登場人物にTさんが書かされているのか、わからないほどだったという。

「夜中に書きはじめたのですが、書き終えたとき、空がぼんやりと明るくなっていました」

彼の十年ぶりの新作小説は、一晩のうちに書かれたらしい。過去の初期作品と読み比べてみたのだが、皮膚感覚を呼び覚ます描写が増えていたようにおもう。それが読者に作品世界を体感させ、迫真性を獲得していた。主人公が裸足で地面をあるいたときの、乾燥した土の凹凸がほろりと崩れ去る感触。苔に覆われた洞窟《どうくつ》を進むときの水滴の冷たさと、足の指の間に入りこむ苔のくすぐったさ。読者はいつしか主人公の身体と一体化してTさんの世界観を共有する。

布団の話は真実だろうか？　Tさんのほら話だという可能性も確かにある。しかし、長期のスランプを脱して彼が短編小説を完成させたのはまぎれもない事実であり、そもそも私はそれほど話の真偽にはこだわっていなかった。もしも機会があれば、その奇妙な布団を一度、拝見させてほしいという好奇心があった程度だ。そのような機会は結局のところ、おとずれなかったわけだが。

四

　Tさんの復帰後、二作目は、現世からつまはじきにされたような孤独な男が主人公だった。学はあるが人見知りで、要領がよくないために職がない。愛する人にも裏切られ、世界の片隅においやられた後、異界へと迷いこむ。そういう物語だ。私はその主人公像に、Tさんの姿を重ねてしまう。

　あいかわらず描写が秀逸で生々しい。主人公の肌をくすぐっていく風の湿度や香り、異界で出会う動物たちの毛並みのやわらかさ、それらはすべて小説にこめられた文字情報でしかないのに、頭の中で自分自身が体験したことのように真実の重みをともなう。主人公は迷いこんだ場所で異形の動物たちにおそわれて怪我を負う。痛みの描写と喚起される恐怖が命の危険を実感させスリルを演出する。異形の動物たちの咆吼《ほうこう》は読者の骨をふるわせ、涎《よだれ》のにおいが文章のむこうからただよってくる。だからこそ、主人公が危機をのりこえたときにカタルシスがあった。

　その時期、Tさんとは定期的に吉祥寺の飲み屋で会っていた。二作目もおもしろか

ったと感想を述べて、ビールを飲みながら例の布団のことを質問する。彼もまた、ずっと話したかったのだろう。うれしそうに語ってくれた。

「毎晩、何かしら、ありますよ。昨晩なんかは、布団の奥から、風が吹いてきましてね。砂漠に吹くような熱い風です。足先のずっとむこうの暗闇から吹いてきて、布団にはさまれた僕の体にそって、脇の下や首筋をなめるように風は流れていきました」

Ｔさんが中古で購入した布団は、敷き布団と掛け布団のセットである。二枚の長方形の平面的な布団に、Ｔさんがはさまれることによって、異界へのトンネルが完成する。しかし実際のところ、その布団は一体、何なのだ？　布団の来歴が気になった。

「一応、しらべようとはしました。購入したリサイクルショップに問い合わせてみたんです。だけど、前の持ち主について教えてはくれませんでした」

何かの怨念《おんねん》や呪いがのこっているのではないか。布団の中にあやしげな御札とか入っているんじゃないか。

「外側の生地をやぶって、中を確認したい気もするんです。もしかしたらおぞましいものが羽毛といっしょに詰めこまれているのかもしれない。そのせいで奇妙な現象がおこるのかもしれない。だけど、外側を裂いたことによって、二度と異界とつながらなくなったらどうしようという不安があるんです。それで、中身を確かめることができないでいるのです」

どこで製造されたのかはわからないが、外見はただの布団だ。Tさんはその布団があるかぎり、もう二度とスランプに陥ることはなさそうだった。インスピレーションの源泉を彼は手に入れたのだ。

Tさんがグラスを空にして、ビールを追加注文する。そのとき、彼がふと痛みに耐えるような表情をした。眉間《みけん》にしわをよせて足首を気にしている。どうかしたのかとたずねてみる。

「足をすこし、怪我してるんですよ」

彼がズボンの裾《すそ》をめくると、足首からふくらはぎにかけて無数の針を刺したような傷跡があった。

「ほとんど治りかけているんです。これも、布団の奥から入りこんできた何かの仕業なんですけどね。僕はある晩、そいつにしがみつかれたんです。触手みたいなやつに、足をつかまれて、引きずりこまれそうになったんですよ。あわてて布団をはぐと、そいつは消えてしまいましたけど。しがみつかれたところが、ちくちくと痛くなって、一時期はぱんぱんに、ほとんど球体みたいに腫《は》れてしまったんです」

彼の表情は嬉々《きき》としていた。

「これもまた、執筆の糧になるはずです」

布団に迷いこんだものにおそわれるのは、はじめてではないという。足先を何かに

嚙《か》まれたこともあれば、涎によって足の親指の指紋が溶けたこともあったという。二作目の小説に書かれていた異形の動物の描写は、彼自身が布団の中で体験したことを元にしていたのだろう。

　私はそれまで、Tさんの布団の話を、たのしんで聞いていた。しかし実際に無数の針を刺したような傷跡を見せられると平静ではいられなかった。笑い話ではすまされない、あやうさのようなものを感じはじめたのだ。しかしTさんはと言えば、その傷跡さえも愛《いと》おしそうに見つめているのが不気味だった。

「次は恋愛小説を書こうとおもっているんです」

　最後に会ったとき、彼はそんなことを言っていた。Tさんの作品は恋愛の要素が希薄だ。主人公は大抵の場合、男性である。女性も登場するが、作品の重要な位置を占めてはいない。

「主人公が運命の女性と出会って、恋に落ちる話を書いてみたいんです」

　ビールを飲みながら彼は言った。しかし、なぜ突然にそのような境地へと至ったのだろう。試したことのない分野に挑戦するのはいいことだけど、そのような気持ちに心をシフトさせるのは簡単なことではないはずだ。今度もまた、例の布団が関係しているのだろうか。

「ええ、そうです。布団がきっかけです。家内に別れを告げられて、一人暮らしをはじめてからは娘とも会っていません。異性への不信感のようなものが、ここ最近はつきまとっていました。でも、最近のことですけど、定期的に、来るようになったんです、布団の奥から、女が」

女？

「布団でまどろんでいると、足首に、ひんやりとした手が触れたのです。それはあきらかに人間の手の感触で、ほそい指がふくらはぎをさぐるように這《は》って、膝《ひざ》の骨のあたりを撫《な》でながら、ふとももへとすべりこんできたのです」

腕が足に絡みつき、胸のやわらかな感触が足先にあたったという。

「そこではじめて、そいつが女だと気付いたのです。女は僕の体に密着しながら布団の中をのぼってきました。長い髪の毛が、足の指の隙間にはさまって、するするとすべっていくんです。女は裸で、触れている肌には、なめらかさがありました。腰回りはほそく、マネキンのような体型でした。しかし、興奮よりも先に恐怖心があった。僕は飛び起きて、布団をはぎ取り、照明をつけたんです」

布団の中には、だれもいなかった。

それ以来、毎晩のように彼のところへ女が来るようになったという。

「はじめのうちは不気味でした。動物や植物の感触ならまだいい。人間が布団へ忍び

こんでくるなんて、かんがえてもいなかった。でも、どうやらその女には、僕を害するような意思がないらしいとわかると、むしろ愛おしく感じられてきたんです」

女はTさんに対して何もしなかった。布団の奥からやってきて、一言も声を発さずに、ただ寄り添っているだけだという。怪我を負わせることもなければ、布団の奥へと引きずりこもうとするわけでもなく、Tさんは女と一緒に夜をすごした。

「布団の中には女の息づかいがありました。部屋は真っ暗にしているし、布団をはいだら女は消えてしまいますから、その顔を実際に見たことはないんです。懐中電灯を布団の中で点《つ》けてみようとしても、おそらくはその瞬間に女はいなくなるでしょう。その間、女は顔をそむけることもせず、じっとしていました。かといって、まったく意思がないわけではないんです。女の顔のすっとした鼻梁《びりょう》を確認した勢いで、ぽてっとしたくちびるの隙間に指が入りこんでしまったのですが、そのとき女が前歯で、僕の指を甘く噛んだのです。僕がすこしおどろいていると、くすくすと忍び笑いをするように女の肩がゆれていました」

女が寄り添って眠ってくれる夜、Tさんは落ちついた気持ちになれた。孤独に苛まれて不安になっていると、いつしか布団の奥から女が現れて、背中をさすってくれたこともあったという。

「話しかけてみたのですが、女は返事をしません。異界の住人なのかもしれない。だから日本語が通じていないのでしょう」

Tさんがその女に心酔していることは明らかだった。私はいよいよ心配になってくる。話を聞く限り、その女はこの世の者ではない。深入りするのはよくないのではないか。

しかし彼はその女からインスピレーションを授かり、かつてない執筆への衝動を得ていた。彼の作品の読者として、それはよろこばしいことだ。彼を引き留めたい気もするし、彼の精神の行き着く世界を見てみたい気もしていた。

後日、彼の担当編集者に連絡をとってみた。近しいジャンルで仕事をしていると、担当編集者が同じだったり、担当ではないまでも顔見知りであったりすることがおおい。Tさんの担当編集者であるAさんも例に漏れずしりあいだった。

私はAさんと電話をつなぎ、Tさんの布団の話をしてみた。彼もまた、ちらりと聞いたことがあったらしい。

「引っ越した直後くらいに、そんな話をしてましたっけ。たぶん、作り話だとおもうんですけどね、あれ」

Aさんはロマンのない男だった。最初に布団の話を聞いたとき、懐疑的な発言をし

たのだろう。それ以来、Tさんは彼に詳細を語ってはいなかったらしい。私はAさんに、話の真偽はさておくとして、布団の奥から夜な夜な現れる女にTさんが入れ込んでおり、このままでは危険かもしれないという説明をした。

「はあ、どのように、危険なんですか？」

私は返答に窮してしまう。

「むしろ創作意欲が高まっているのは良いことですよ。でも、まあ、気をつけてTさんのことを見守っておきますね」

Aさんとのやりとりを終えて、私はひとまずTさんと布団のことは忘れようとおもった。片付けていない仕事が山積みになっていたし、他人のことを心配している場合でもなかったのだ。それからしばらくは仕事漬けの日々だった。

Tさんとの定期的な会合や連絡のやりとりが途絶えたのは、多忙な日々だったということもあるが、他にも原因があった。後に判明したことだが、Aさんが私の心配をTさんに話していたらしい。しかも脚色した状態で。

「Tさんが心配だ。あの布団は良くない。布団からTさんを遠ざけるべきだ」

私の主張はそのようなものに変換されて彼に伝えられていたようだ。それを聞いて、Tさんは怒り出したという。私が布団を彼から取り上げようとしているようにおもえたのだろう。私がことあるごとに食事に誘っていたのも、布団が目当てだったのでは

という疑いまで彼は抱いていたようだ。

しかしそのことが判明したのは、ずっと後のことで、私は一読者としてTさんの新作の発表をただ待っていた。次の作品が発表されたころにまた食事に誘ってみようか、などとのんきにかんがえていた。

彼の新作が発表されることはなかった。

Tさんが新居を契約する際、保証人となったのが担当編集者のAさんだった。彼はアパートの大家さんに呼ばれてTさんの部屋の片付けをしなくてはならなかった。彼がどこへ消えてしまったのかはだれにもわからない。捜索願も出されたが、発見のニュースは見なかった。

靴や鞄が見当たらないことから、彼はどこかへ外出して、そのままいなくなったのだろうと言われている。原稿用紙と筆記具も消えていたので、気分転換に外で小説を書こうとしていたのかもしれない、と作家仲間は噂していた。

ほとんど家具のない彼の部屋には、朱色の布団がしかれたままになっていた。いなくなった主《あるじ》のかわりにAさんがそれを処分したという。

「片付けをしていたら、部屋の鍵《かぎ》が出てきたんです。隅っこに落ちていました。窓も閉まっていたし、扉も内側から鍵がかかっていたし、Tさんはどうやって部屋を出て

行ったんでしょうね」

一応、警察や家主にも鍵の件を伝えてみたが、それほど重要視はされなかった。Tさんは合い鍵を作っており、そちらの方を持って外出したのにちがいないという現実的な結論が導き出された。

だけど私は想像する。Tさんは鞄に原稿用紙と筆記具をつめて、靴を履き、布団にもぐりこんだのではないか。

そして、女とともに布団の奥の暗闇へと自ら旅に出たのではないか。そこはどんな場所だろう。彼を魅了した女は、その場所でもまだ女の姿を保ったままだろうか。

布団はAさんの手により、リサイクルショップへ売り飛ばされていた。その話を聞いて、私はいそいでその店へとむかったが、すでに布団は売れてしまっており、今はどこにあるのか定かではない。

子どもを沈める

一

私の高校時代のクラスメイトが赤ん坊を殺した。

すこしたってまた別の友人が赤ん坊を殺し、さらにまた別の友人が自分の子を殺害した。

高校時代、私の家庭環境は最悪で、父は外に愛人を作り、母は昼間からお酒を飲んでいた。私の心はすさみ、大人たちを憎み、不良とつきあうようになった。当時の友人には万引きや暴力事件で補導される者もいた。その中に私がよく行動をともにした女子グループがいた。渡辺恵子《わたなべけいこ》、岡村香澄《おかむらかすみ》、藤山幸恵《ふじやまゆきえ》の三人だ。彼女たちがそれぞれ、自分の産んだ子どもを殺したのである。

渡辺恵子は、一歳に満たない女の子をお風呂《ふろ》に沈めたという。

岡村香澄は、生後三ヶ月の男児の首をしめてゴミ袋に入れ燃えるゴミの日に出そうとした。

藤山幸恵は、出産から十ヶ月後に、赤ん坊をマンションのベランダから地面にむかってたたきつけるように投げ落とし、そのまま自分も身を投げた。赤ん坊は助からなかったが、彼女は一命をとりとめたという。

育児ノイローゼだったのだろうとみんなは言う。彼女たちは高校卒業後に連絡を取りあっておらず、事件につながりを見いだせなかった。それぞれ別個の出来事として処理されたのだ。

高校卒業後に一人暮らしをはじめて、私は彼女たちから距離を置いていた。三人が結婚し、出産していたこともしらなかった。彼女たちのことは、東京で偶然に遭遇した顔なじみがおしえてくれたのである。

高校時代をいっしょに過ごした仲だ。私は彼女たちのことを気にかけてあげるべきだろうか。連絡を取りあい、悩み事の相談に乗っていたらこんなことにはならなかったのではないか。だけど気が進まなかった。私は、当時の自分が嫌いだ。大人への反抗心ばかりをエネルギーに私は空回りして、その果てに、大変な罪をおかしてしまった。

当時、住んでいたところは、河川工事のためのダンプカーが土埃《つちぼこり》をあげながら行き交い、不良たちが資材置き場で煙草を吸っていたりするような、殺風景で何もない町だった。どんよりとした閉塞《へいそく》感が立ちこめている行き止まりのような場所だ。夫にもそのころの写真を見せたことはない。当時の私が写っている写真は焼いて捨ててしまった。もしも当時の写真を目にすれば、今の私とのギャップに夫はおどろくだろう。

私あてに手紙が届いたのは、結婚して新居に引っ越しをしたころのことだった。実家あてにそれは届いていたらしく、母の再婚相手の男性が、何かを察して転送してくれたらしい。手紙は便せん数枚にわたって書かれていた。差出人は藤山幸恵。赤ん坊をマンションのベランダから投げ落としたという、高校時代の友人である。

*

吉永《よしなが》カヲル様

お久しぶりです。私のこと、おぼえていますか？

高校でよくいっしょにあそんだ、幸恵です。

あのころは楽しかったね。つらいこともあったけど。

急にこんな手紙が届いて、おどろいていることでしょう。

ずっと連絡を取りあっていなかったから、こんな風に手紙を書くのも気恥ずかしいです。

カヲルは私たちのグループの中でも、すこし特殊だったしね。

他に居場所がなくて、私たちの後ろをしかたなくついてきているような感じ？

カヲルに連絡を入れるのをためらいました。

あのころのことを、おもいだしたくないはずだから。

でも、あなたが結婚するという話を耳にして、こうして手紙を書いています。

どうしても伝えたいことがあります。

だけど、その一方で、あなたなら大丈夫かもしれないという期待もあるのです。

もし、そうなら、しらないままの方がいい。

私たちが生田目《いくため》頼子《よりこ》にしてしまったことは、許されるものではありません。

ですが、あなたはすこし距離を置いていた。

私たちのすることを後ろで見ているだけだった。

その罪も、いくらか軽減されていることでしょう。

彼女も、あなたは無関係だったと、おもってくれているかもしれないし。

＊

手紙には続きがあった。だけど私は中断して目をつむる。便せんをそのまま折りたたみ、机の引き出しの奥に突っ込んで忘れてしまうことができたらどんなにいいだろう。彼女からの手紙は、私が記憶から消し去ろうとした過去そのものだ。当時の臭い、空気感、様々なものが蘇《よみがえ》って、嘔吐《おうと》しそうになる。

生田目頼子。彼女の名前、おびえた表情、何もかもおぼえている。心臓を冷たい手でつかまれたような気がして、胸をおさえる。救いを求めるような彼女の目が脳内をちらついて離れず、高校卒業後、振り切るように新幹線へ乗りこんだ。彼女にまつわる一切から逃げだそうとして東京に出てきたようなものだ。

暗い顔つきの女子生徒だった。家が裕福ではなかったのだろう。生田目頼子の制服はいつもしわくちゃで、ところどころに染みの汚れがあり、そのことで笑いものにされていた。暇つぶしに彼女を標的としたのが、クラスメイトの渡辺恵子、岡村香澄、藤村幸恵である。私も部外者ではない。仲良くしていた三人と行動をともにすれば、否応《いやおう》なくその場に居合わせるのだから。

彼女は目の下に小さな三つのほくろがあり、くちびるはうすく、何かを命じられる

と、こわばったように引きつった顔をした。大人に対する嫌悪感といらだちの反動だろうか、彼女のように弱々しい女子生徒を目にすると自分の中にも嗜虐《しぎゃく》心らしきものを感じたのは確かだ。

ある日、特に気性のはげしい渡辺恵子が、女子トイレに彼女を呼び出して他の者たちにおさえつけさせた。渡辺恵子には逆らえない雰囲気があった。彼女の恋人は町でそれなりに力を持っているチンピラだったからだ。渡辺恵子は私たち一人一人に、生田目頼子の制服を汚すように命令した。全員を共犯関係にしたかったのだろう。今後のことをかんがえて、私は生田目頼子に、雑巾《ぞうきん》を浸したバケツの水をかけた。女子トイレの床にしゃがみこんで懇願するように私を見るずぶ濡《ぬ》れの彼女をおぼえている。

それから何ヶ月か経過した冬、生田目頼子が学校に来なくなり、リストカットをくり返しているという噂が聞こえたかとおもうと、その翌週に葬式が行われた。彼女の棺《ひつぎ》のそばには様々な動物の形に折られた折り紙が飾られていた。唯一の趣味だったのだと彼女の母親が話していた。死因は自殺。自室で首を吊《つ》ったのである。

私たちは戸惑い、恐怖し、虚勢をはった。友人の一人、岡村香澄は彼女の死を聞いて笑っていたけれど。岡村香澄はそういう子だった。おまけに父親が学校に対して発言力のある人で、生田目頼子の家族が、娘の死はいじめによるものだと主張したものの、岡村香澄の父親によってもみ消されてしまった。私たちを罰する教師はいなかっ

た。私たちの人生は守られたのだ。私が嫌悪感を抱いている大人の力によって、もっとも忌むべき形で。

生田目頼子の話をする者はいなくなり、はじめからいなかったかのように学校ではあつかわれた。私たち四人のグループは次第によそよそしくなり、積極的な交流を持たなくなったまま卒業の時期となった。

上京後、彼女のことを忘れるために生活態度をあらためた。大人に対する反抗心も消えた。岡村香澄の親の権力によって守られたとき、私を構成していた様々な柱は崩れ去ったのだ。そういう過去があったことを隠しながらバイトを探し、資格をとるための勉強に励んだ。今の夫とは職場で出会ったが、私が高校時代にしてしまったことをしらない。

二

あの時にもどれたら、そして彼女にあやまることができたらと、後悔しかありません。

私たちは若く、何が良くて、何が悪いのかが、当時はまだわかっていなかった。
彼女の泣いている様を見て、たのしんでいた。
その行いが今の状況を引き起こしたのだとおもいます。
私は病院でこの手紙を書いています。
あなたにも伝わっていることとおもいますが、自分の子どもを殺してしまったのです。
渡辺恵子も、岡村香澄も、産んだ子どもを自分の手で殺しました。
私たちは、愛する存在を抱っこすることは二度とないのです。
私の子は女の子でした。
この世に生を享《う》けた瞬間の幸福な感情は今もはっきりとおぼえています。
母乳を飲ませて、おむつを交換し、そのちいさな存在に寄り添って眠りました。
だけど、しばらくすると娘に違和感を抱くようになりました。
その子の顔が、私にも、夫にも似ていないのです。
新生児だからそう感じるのだろう、そのうちに似てくるのだろう。
そうおもいながら数ヶ月が経過しました。
だけど私は薄気味わるいものを感じるようになっていました。
目鼻立ちが、かつて見たことのある女子生徒の顔に似ている気がしたのです。

私たちに救いを求めて懇願していた彼女の顔に。

十数年の時間をこえて私は自分の赤ん坊として彼女と再会したのです。

はじめのうちは気のせいだとおもいました。

ですが、腕に抱っこしているときも、母乳を吸わせているときも……。

やはり娘は生田目頼子の顔をしているのです。

夫にそのことを話してみました。

育児でつかれているのだろうと心配そうにするだけでした。

罪悪感のせいで、私にだけ赤ん坊の顔がそう見えるのだろうか。

私はかつての同級生に打診し、生田目頼子の写真を取り寄せました。

写真と赤ん坊の顔を見くらべてみました。

今度は夫も顔をこわばらせながら、娘と生田目頼子がよく似ていることを認めてくれました。

遺伝子検査を行ってみました。

生物学的にも、娘は、私の子でした。

しかしその顔は、かつて私たちのせいで自ら命を絶った少女のものでした。

私はいつしか娘を愛することができなくなって、
娘がその顔を真っ赤にさせて泣いているときも、

私は、かつて自分のしたことを責められているような気がして、
おそろしくなり、耳を塞《ふさ》ぐようになりました。

それでも最低限の世話をつづけられていたのは、夫が私をはげましてくれたから。

過去の罪の告白を真摯《しんし》に聞いてくれたおかげです。

そんなある日のことでした。

私は、娘の背中に赤色の染みのようなものを見つけたのです。

よく見ると、その部分はかすかに肉が盛り上がっていました。

ふと、高校時代のことをおもいだして、その正体に私は気付いたのです。

私は、渡辺恵子に命令されて、生田目頼子の背中に煙草の火を押しあてました。

彼女は熱がって、涙を流しながら身をよじっていました。

娘の背中の染みは、ちょうど私が、彼女に煙草を押しあてた箇所と一致しているのです。

それに気付いたとき……。

まだ零《ゼロ》歳の娘が、私の顔を見て、よりいっそう、はげしく泣き出したのでした。

母親の顔を見れば、普通は安心して泣き止《や》むものでしょう？

だけど、まるでおそろしいものを見るような目つきで、娘は、私を見たのです。

気付くと私は、娘を腕に抱いてベランダに立っていました。

地面にむかって投げつけると、娘は赤色の染みになりました。
それから私も飛び降りました。
生きのびたことは、幸せなことなのか、不幸なことなのか、わかりません。
渡辺恵子と岡村香澄の身にも、似たようなことが起きたのではとかんがえています。
二人のことを知ったのは、私が子どもを殺した後のことでした。
私たちは、生田目頼子によって復讐《ふくしゅう》されているのでしょう。
私たちには、愛する者を腕に抱く権利などないのだと、そう彼女は言っているのです。
あなたもまた私たちと同じようなことになるかもしれない。
そのような危惧《きぐ》から、このような手紙を書かせてもらいました。
最後まで読んでくれてありがとう。

藤山幸恵

＊

手紙を読み終えてベランダへ出た。指先が冷たくなっている。書かれていることが

すべて真実であったなら、彼女が私に伝えたかったことは、おそらく次のようなことだろう。

「あなたは赤ん坊を産まないほうがいい。自分たちのようになるかもしれないから」

その一文はどこにも書かれていない。しかし彼女は、私が結婚したという話を聞き、このような手紙を書くことにしたという。結婚の次に出産というイベントがあることを見据えて、彼女は私にしらせてくれたのではないか。それならば、彼女の手紙は、おそかった。

吐き気をもよおして、私はベランダを離れ、トイレにむかう。

つわりだ。私が夫と急遽《きゅうきょ》、結婚することに決めたのは、おなかの子どもが原因なのだから。

会社から帰宅した夫は、部屋が暗いことにおどろいていた。私は照明をつけるのも忘れてかんがえごとをしていたらしい。彼の顔を見ると涙がこみあげてきた。いつまでもひみつにしていることはできないとおもい、私は彼に悩みをうちあけた。

高校時代の私のふるまいや、命を絶った少女のこと、そして高校時代の友人が次々と赤ん坊を殺してしまったことを話す。藤山幸恵の手紙を見せて、おなかの中にいる子どもをどうすべきかを相談した。つわりがはじまっているとはいえ、妊娠初期なので中絶は間に合うはずだ。しかし夫は、手紙を何度も読み返したうえで、首を横にふ

る。この手紙だけで中絶するかどうかを決めるのはよくない、と彼は言った。

私は視野がせまくなっていたのかもしれない。確かに、この手紙はすべて藤山幸恵の妄想だという可能性もある。便せん数枚にわたる文章だけで、私の中に宿った生命の生死を決めていいわけがない。藤山幸恵と会って話をすべきだろう。まずは藤山幸恵の現住所を調査するところからはじまった。手紙には彼女の住所や連絡先が見当たらなかったからだ。

SNSを通じて高校時代のクラスメイトを探し、数名に打診してみた。いずれも友人というほどではないが、会えばあいさつを交わしたという程度の者たちだ。そのうちの一人からすぐに返信があり、何度かメールのやりとりをしていくつかの事実が判明する。藤山幸恵は医療刑務所内で首を吊って死んでいた。

三

新幹線から私鉄へ乗りかえて、殺風景な故郷の町に到着する。帰郷を母には告げていなかった。いまだに私と母の間には深い溝がある。

町は記憶よりもすさんでいた。タクシーで移動する最中、閉店したスーパーや個人商店が取り壊されずに放置されている様をいくつも目にする。高校時代に友人らと万引きした文房具店はまだのこっていた。当時のことをおもいだして罪悪感が胸をちくりと刺す。しかし店をたずねて謝罪するほどの礼儀正しさを私は持ち合わせていない。

SNSを通じて私はいくつかの住所を教えてもらっていた。タクシーでそれらをひとつずつ回ってみるつもりでいる。手紙をくれた藤山幸恵の実家だけではない。渡辺恵子、岡村香澄の実家の場所も特定済みだった。

彼女たちが刑期の途中であれば、刑務所内で暮らしているはずだ。しかし、心神喪失、心神耗弱《こうじゃく》を理由に減刑されているのであれば、実家にいるかもしれないともかんがえていた。彼女たちに話を聞くことで、藤山幸恵の手紙の何割ほどが真実なのかを推測できるはずだ。しかし私の試みは、すべて空振りにおわった。

渡辺恵子の実家は低所得者層の家々がならぶ一角にあった。荒れ果てて、だれも住んでいないのはあきらかだ。近所の人に聞いてみたところ、三年前に彼女が例の事件を起こした直後からこんな状態だという。それ以前は渡辺恵子と夫、赤ん坊、そして彼女の父親が住んでいたそうだ。のこされた家族がどこへ消えたのか、近所の者はだれもしらないという。

岡村香澄の実家はおおきな一戸建てで、高い塀に敷地を囲まれていた。門扉の横のインターホンを鳴らしてみると、品の良さそうな中年女性の声で返事があった。

「どちら様でしょうか？」

私は名前を告げて、高校時代の岡村香澄の友人だと説明した。

「……娘はここにはおりません。どうか、帰ってください」

門が開かれることはなく、再度、インターホンを鳴らしても返事はなかった。

近所の住人によれば、例の事件の後、岡村香澄は離婚され、彼女の父親は企業の会長職を辞任したという。彼女は今も刑務所にいるようだ。

彼女は赤ん坊の首をしめてゴミに出そうとした、という噂しか私は聞いていなかったが、近所の人によれば実際はさらに凄惨《せいさん》な状況だったらしい。赤ん坊は証拠隠滅のために切り刻まれ、ゴミ袋に入れられた。さらにそのゴミ袋を鴉《からす》が漁《あさ》ってしまい、赤ん坊の内臓が路面にちらばり、体の一部が近隣の住宅の屋根の上から見つかったという。

藤山幸恵の実家は駐車場になっていた。ＳＮＳで教わった情報は高校時代の古いものだ。近所の住人によれば藤山家は五年ほど前に引っ越してしまったという。

「幸恵ちゃん、子どもを産んですこしたったころから、変なことを言うようになっていたらしいですよ」

　そうおしえてくれたのは、藤山家と親しくしていた近所の人だ。引っ越し後も交流があり、藤山幸恵の年老いた母親から電話で相談を受けていたという。

「子どもの顔が、こわいって、いつも見ないようにしていたらしいです。中学か高校のときの、死んだ子にだんだん似てくるって、そんな風におびえてたみたいで。おかしな話でしょう。つかれていたんですよ、たぶん」

　彼女は手紙に書いていた内容と同じことを周囲にも話していたようだ。すくなくともあの手紙は、私をからかうために書かれた嘘ではないらしい。彼女は正真正銘、子どもの顔の件で思い悩み、おびえていたようである。

　タクシーに乗りこんで私はつわりの苦しみに耐える。運転手に最後の行き先を告げた。ＳＮＳで教えてもらっていた住所は全部で四つ。そこへ行くのを後回しにしたのは、十数年間の蓄積された負い目のせいだ。

　生田目頼子が住んでいた自宅は、古ぼけた木造の民家だった。外壁はぼろぼろで、庭も荒れており、暗く陰鬱《いんうつ》な雰囲気がある。私はその家を前にして足がうごかなくなった。二階部分の窓に人影を見たような気がしたが、気のせいだったのだろう。ここ

はすでに空き家なのだから。

近所の人の話によれば、生田目頼子の家族は離散して行方のわからない状態だという。私は、やりきれない気持ちのまま彼女の住んでいた家をながめる。

「あの窓が頼子ちゃんの部屋だったのよ。そこで首を吊ってね。かわいそうに」

近所の人が指さしたのは二階の窓だった。先ほど人影を見たような気がした窓である。私は両手を合わせて頭《こうべ》をたれる。心の中で当時のことを謝罪した。それで自分のしたことが許されるのかどうかはわからないが、今の私にできるのはそれくらいだった。

旅から戻った後、私と夫は生田目頼子の家族の行方を捜した。わからずじまいだったが、彼女のお墓の場所を特定して線香をあげることはできた。

夫と相談して、中絶はしなかった。おなかが目立つようになり、体の中で自分の意思とは無関係に何かがうごくのを感じるようになる。病院で撮影されたエコー写真で胎児の顔立ちを確認したが、写りがわるく、どんな顔をしているのか判断できなかった。私から生まれてくる子は、はたして、どんな顔をしているのだろう。不安になる私を、夫が支えてくれた。

やがて破水した。呼吸できないほどの痛みに耐えながら分娩《ぶんべん》台にあがる。産婦人科医と看護師の指示に従いながら私は赤ん坊を産んだ。事前におしえてもらっていた通

り、女の子だった。

やり遂げた充実感と多幸感に包まれながら、看護師に抱えられた赤ん坊を見つめた。

「あら、目の下にちいさなほくろがありますね」

看護師が言った。その瞬間、私の頭をかすめたのは生田目頼子の顔だった。彼女と同じような、目の下の三つのちいさなほくろが、私の赤ん坊にもあった。

生後すぐは顔がしわくちゃで、まだそれほどの違和感を抱かずに娘と接することができた。平気だったわけではない。高校時代の友人たちのことをおもいだして、はたして自分はこの子を殺さずにいられるのだろうかと心配した。母親として、この子に愛情を抱けるのだろうか。このちいさな存在は、自分の子なのだろうか、と。

生物学的には親子だ。自分の体内に宿り、十ヶ月かけて大きくなって私から出てきたものだ。その経緯を肉体的に体験している。しかし、この子の目の下の三つの点は生田目頼子にそっくりだ。次第に彼女の顔へと近づいていったとき、自分の子として受け入れられる自信が持てなかった。

それでも自分たちはこの子を育てなくてはならない。夫はそのように主張した。彼は私よりも多少は前向きに娘のことを受け入れようとしていた。彼は生田目頼子と接点がない。実際に顔を見たわけでもない相手だ。死んだはずの少女に顔が似るという

状況に畏怖《いふ》しているようだったが、私とちがって彼女に対する罪の意識や負い目はない。

　夫は私に気をつかって、できるかぎり子どもの世話を引き受けてくれた。ミルクをあたためて、おむつを交換し、お風呂にも入れてくれた。できるだけ私と娘が二人きりにならないように配慮してくれた。私がつかれている様子を見せると、会社を休んでくれた。休暇をとれなかったら、会社を辞める覚悟だと夫は言う。私の友人たちが、それぞれ自分の子どもを殺《あや》めたという前例があったので、夫はこの状況を重く受け止めてくれていたようだ。

　空気で膨らませたベビーバスで、夫が娘の体を洗っているとき、ふとももに青あざがあるのを見つけた。生田目頼子のふとももにも確か、似たようなあざがあったはずだ。渡辺恵子が上靴の踵《かかと》でつけたものが。そのことを夫に話したところ、赤ん坊にはこのような青あざができるものだと諭される。皮膚の深いところでメラニン色素の沈着がおきることで青色になるらしい。しばらくすれば消えるよ、と夫は言った。しかしその青あざはいつまでも消えなかった。

　生後一ヶ月が経過し、娘の顔立ちもはっきりしてきた。目鼻の形状が私とも夫とも異なっている。その顔と生田目頼子を頭の中で重ねてみた。彼女の顔写真は手元に一枚もなかったが、忘れられない忌まわしい記憶として私は彼女の顔をおもいだすこと

ができる。やはり私の娘は彼女にそっくりだった。このちいさな存在は、私の体から出てきたという由来を持っていたが、より本質的な魂の部分は、私たちを恨みながら死んでいった少女のものにちがいない。生田目頼子は死んだとき、その魂をいくつかに分けて、憎しみを抱いていた相手の体にそれぞれ埋めこんだのではないか。

やっぱり私は、この子が怖い。夫に相談する回数が増えた。娘に母乳をあげることもあったが、高校生の生田目頼子が私の胸に吸い付いているように見える瞬間があり、咄嗟《とっさ》に悲鳴をあげて娘を引き離してしまう。愛情を注ぐべき自分の子が、何か得体のしれないものに感じられてくる。あの子と同じ部屋にいるのも嫌だ、だれかに引き取ってほしい。恐怖心からそのように言うと、夫と喧嘩《けんか》になった。

そもそも私がわるい。高校時代に一人の少女を傷つけて死に追いやったことが元凶ではないか。生まれてきた赤ん坊に罪はないはずだ。夫はそう私を責める。喧嘩の後はきまって娘を殺したくなった。この子が生まれてくる前は夫とも良好な関係だったのだ。夫が私につらい言葉をあびせるのは娘のせいだという気がしてならなかった。

四

ある日、夫が会社で残業しなくてはならなくなり、私一人で娘をお風呂に入れた。ベビーバスにぬるま湯を注ぎ、そっと娘を入れる。体を洗ってやりながら、ふと、このまま沈めてしまってはどうだろうとかんがえた。

渡辺恵子がそうしたように、そっと手を放して、赤ん坊が沈んだのを見ていればいい。泣き声もすぐに聞こえなくなるだろう。今のこの状況から解放される。それは魅力的なアイデアにおもえた。こいつさえいなければ。こんな奴、生まなければ。そのとき娘が、女子トイレで私たちにむかって懇願する生田目頼子そのものに見えた。彼女はされるがままで、決して抵抗せず、自分の運命を受け入れていた。その目は弱々しく、あきらめきったように光をうしない、この世界が苦痛に満ちていることを私たちにおしえてくれた。

あわてて娘をベビーバスから引き上げてバスタオルに包んだ。危なかった、というおもいがある。それから目をつむって娘を抱きしめた。腕の中で娘がもぞもぞとうご

くのを感じた。

恐怖心を理性でねじふせる。殺すなんて間違っているはずだ。そう自分に言い聞かせる。この子の中に入っている魂が、たとえ生田目頼子だったとしても、いや、だからこそ、殺すなんてことは間違っている。渡辺恵子も、岡村香澄も、藤山幸恵も、選択肢を誤ったのだ。彼女に対して後ろ暗い感情があったから、三人は赤ん坊を手にかけてしまった。私は同じ間違いをおかしてはならない。赤ん坊を殺すという行為は、高校生だった当時、生田目頼子にひどい仕打ちをしたのと同じことのくり返しだ。生田目頼子に対して本当の意味で謝罪する気持ちがあるのなら、別のやり方がきっとあるはずだ。

生田目頼子が自ら命を絶ったとき、何をおもいながら首を吊るための紐《ひも》を用意したのだろう。彼女はなぜ私たちの子どもとして生まれなければならなかったのだろう。これは彼女の復讐だろうか。私たちが愛情を注ぐ対象に、彼女自身が入りこむことによって、私たちの愛を奪い、心を殺しにかかってきているのだろうか。それとも、彼女はただ純粋に、もっと生きていたかったのだろうか。たとえ私たちの子どもに生まれようとも、この世に留《とど》まっていたかったのだろうか。それとも、彼女は私たちに、やりなおすチャンスを与えているのだろうか。

精神科医に相談し、薬の助けを借りながら一年が過ぎた。無事に娘が誕生日をむかえられたとき夫は安堵《あんど》していた。私の友人たちの子どもは誕生日をむかえる前に殺されていたからだ。

　適度な距離感から安定が得られるとわかり、ベビーシッターを雇って育児をまかせるようにもなった。そのための出費は惜しまないことにする。生活を質素にして、欲しいものを、がまんする。髪が長くなった娘は、生田目頼子にやはり似ていた。髪質や眉《まゆ》の形など、どこにも私と夫の要素が見当たらない。このまま無事に育てられたとするなら、生田目頼子が命を絶った年齢に娘は近づいて、よりはっきりと顔立ちが彼女のものになっていくはずだ。ほとんど同一人物のように。私はそのとき平静でいられる気がしない。死者といっしょに暮らすようなものではないか。

　私と娘の間には、常に緊張感のようなものがあった。おたがいにおびえたように萎《い》縮《しゅく》し、肌を触れさせるのも最小限にとどまった。娘は夫の方によく懐いており、それもしかたのないことだ。

　二歳になると、娘は言葉をおぼえた。

「ママ、くさいおみず、かけた」

　ある日、娘がそんなことを言った。

「かけた。くさいおみず」

「そんなことしないよ。したことないでしょう?」

「したよ。ママ、こわい」

おもいあたる出来事が、確かにあった。私は高校時代、生田目頼子に雑巾を浸したバケツの水をかけたことがある。高校時代の私がしてしまったことを娘がしっている。自分の顔がこわばるのを感じた。

「そっか、ごめんね。ママがまちがってた。もう、しないからね、そんなこと。だから、安心してね」

娘は警戒するように私を見ていた。それから私は、昼間からお酒を飲むようになった。かつて自分の母親がそうしていたように。

夫と距離ができたのは、私がアルコールの臭いをただよわせるようになったからだ。いつか夫と娘だけで出て行ってしまうかもしれないなとかんがえる。悲しいことだが、そうなったら心は平穏を取り戻せるかもしれない。

娘は折り紙であそぶようになった。二歳とはおもえないほどしっかりした手つきで象やライオンを折る。それらの折り方を、だれからもおそわっていないというのに。そういえば生田目頼子も生前は折り紙が趣味だったとおもいだす。彼女の棺のそばには折り紙が飾られていたはずだ。折られた動物たちに見送られて彼女はあの世に旅立

ったのだ。そして今、ここに戻ってきて私の娘となっている。

　娘に対する恐怖心を抱きながら、その一方で、母親として彼女を愛そうと努力していた。しかしそれがむずかしい。普通の母子であれば、子どもの寝顔を見たとき、愛《いと》おしいという感情がわいてくるはずだ。しかし私の場合、娘の寝顔を見ても、なぜ彼女が私の暮らす場所にいるのだろうかという異物感が先にある。

　夫と距離ができたのとは正反対に、アルコールまみれの生活は、私と母の距離を縮めさせた。私が中高生のときは、酒浸りになっていた母のことが腹立たしく、こんな大人にだけはなるまいとおもっていたから喧嘩が絶えなかった。だけど今、昼から酔った頭で母のことをおもうと無性に会いたくなる。おもいきって電話をしてみたら、母もまた昼からビールを飲んでいたらしく話がはずんだ。

「あんたは子どもを殺したらいけないよ」

　電話越しに母は言った。

「私はだめなお母さんだったけど、あんたにむかって暴力をふるったことはないでしょう？」

　そのかわり、ほとんど育児放棄気味の状態だったけれど。

「今度、あんたの娘を抱きに行ってもいい？」

「わかった。来て。だけど、全然、私には似てないよ」

「あんたに似なくて良かったじゃない。つまり、私に似てないってことだから」

缶ビールをすするような音が電話越しに聞こえる。十代のころだったら、今ので怒って電話を切っていたかもしれない。

「じゃあ、お母さんは、私の顔が自分にそっくりだとおもっていたんだね」

「嫌なもんだったよ、自分そっくりの娘から、軽蔑《けいべつ》の目をむけられるのは」

「ごめん……」

「どうしたの、いったい。あんた、変だよ。急に電話をかけてくるし」

母は私に愛情を抱いたことがあるのだろうか。愛があったのなら、私が中高生のとき、すさんだ生活をしていなかったんじゃないのか。だけど母には母の人生があり、愛する人からの裏切りを受けて当時は自暴自棄の状態だったのかもしれない。今の私はそんな風にかんがえられるようになっていた。

「あんたのことは、好きじゃなかった」

母が言った。

「だけど今は、あのころにくらべたら丸くなって、話しやすいかな」

「ありがとう。私もそうおもう」

夕食の際、母があそびに来るかもしれない、と告げると、夫が意外そうな顔をしていた。私と母の関係性を夫もしっている。娘に会いたいらしいと説明すると、孫だも

んなあ、と夫がつぶやく。しかし数日後、私は事故にあった。

明るいうちから缶ビールを開けていたのだが、昼過ぎに幼稚園から電話連絡があった。娘が高熱を出したのでむかえにきてほしいという打診である。しかたなくタクシーを呼んで幼稚園にむかった。娘を連れて門のところに出てきた先生は、アルコールの臭いをただよわせながら軽い酩酊《めいてい》状態にある私を見て、一瞬、きびしい目をしていた。化粧でかくしたつもりだが、ほんのりと顔も赤かっただろう。娘を引き取って、タクシーの後部座席に乗りこみ、そのまま病院へむかうことにする。娘は私のとなりで、熱っぽい表情をしていたが、私に寄りかかろうとはしない。おそるおそる声をかけて額に手をあてると、確かに熱がある。生田目頼子そっくりの顔が私を見た。

「ママ……」

「なに？」

「きてくれてありがとう」

病院に着いて料金を払い、娘といっしょにタクシーを降りた。すこし離れたところにある駐車場の方で急発進するような音がする。ふり返ると、高齢者ドライバーを示すマークのついた軽自動車が、異様な速度でバックをしながら近づいてくる。タイヤが縁石に乗り上げて弾んだ。後に聞いた話によれば、ブレーキとアクセルを踏み間違

えたことによる暴走だったという。軽自動車の後部バンパーが娘にぶつかろうとしていた。気付くと私はかぶさるように前に出て、娘を突き飛ばしていた。

病院で目が覚めたとき、自分がどこにいるのか、何が起きたのかを把握するのに時間がかかった。数ヵ所を骨折していたのでベッドから起き上がることもできず、痛みでうめくことしかできなかった。事故の瞬間の記憶が蘇り、看護師を呼んで、娘は無事だったのかと聞いた。彼女にはかすり傷ひとつなかったと説明をうけて安堵する。安堵している自分の心の挙動に気付いて、私は、顔をおおって泣いた。

事故発生時、私は酩酊状態にあった。咄嗟のことで頭も回らなかった。それでも身を挺《てい》して娘をかばうことができたのだ。娘が怪我をしなかったという事実に、胸をなでおろすことができたのだ。そのことが私は、ほこらしい。だから、泣いたのだ。

彼女に対して愛情を抱くことができない、と自分はおもいこんでいた。だけど、いっしょに暮らすうちに、私は母親として、娘に対する愛を育むことができていたのかもしれない。

娘は夫に手をひかれて病室に入ってきた。

「ママ、だいじょうぶ……？」

生田目頼子の顔に似た娘は、心配そうに私の寝かされているベッドへと近づいてくる。

「平気。あなたに怪我がなくてよかった。ほんとうに」

本心からそのことが言える。娘の前髪を指ですくって、顔の輪郭にそって触れた。数日間、私は眠っていた。だからもうすっかり娘の熱はさがっている。娘は顔に触れられてくすぐったそうにしていた。

「生田目さん」

呼びかけると、娘は首をかしげる。

「これから一生かけて、あなたに愛情を注ぐから。それができなかった三人はかわいそうだけど、私が、彼女たちの分もあなたを愛するから」

娘はおどろいたような顔になり、それから目をほそめて、うなずいた。

トランシーバー

一

二〇一〇年、会社帰りに通りかかったおもちゃ屋の店先で、ワゴンにトランシーバーが売れのこっていた。山岳救助隊などが使用する本格的なものではなく、子どもむけにつくられた安いおもちゃだ。青色のプラスチック製の本体に、黄色のボタンがついており、二個セットで販売されていた。実際に五十メートルほどの距離なら通信可能だという。クリスマスにはまだはやかったが、息子に買って帰ることにした。

三歳のヒカルは乗り物が好きで、救急車や消防車にはかならず手をふった。特に好きな乗り物はパトカーだ。テレビの報道番組で事件や事故の映像が流れると、沈痛な表情をする大人たちをよそに、ヒカルだけはおおはしゃぎする。画面の片隅にパトカーが映りこんでいるからだ。

「うわあ！　パトカーだ！　おっぱい！　おっぱい！」

なぜ、おっぱいという単語を付け足すのか。そういう年頃だったから、としか言いようがない。子どもというのは三歳から四歳くらいの時期に、おしっこ、うんち、おっぱい、ちんちん、などという単語を好んで言う。電車に乗っていても、レストランで食事をしていても、おっぱい、ちんちん、おっぱい、ちんちん、のくり返しである。

　そんなある日のことだ。警察の活動を追ったドキュメンタリー番組をリビングのテレビで流していたら、警官がパトカーの無線機でやりとりをしていた。ヒカルはそれを見て以来、無線機ごっこがお気に入りの遊びとなる。俺やナツミの携帯電話を顔にあてて、警察のふりをして言った。

「パパー、おっぱいでーす、ちんちんおしっこー」

「警察はそんなこと言わないから！」

　無線機ごっこにはまっているヒカルをトランシーバーのおもちゃは大いによろこばせた。箱から出して、電池を入れて、電源をオンにする。ザーというホワイトノイズがスピーカーから流れ出し、受信可能な状態となる。声を送信するときは黄色のボタンを押して話す。するともう一方の端末から声が出てくる。ザーという音は、声を受信するときだけ、音量がしぼられて聞こえなくなる仕組みらしい。ヒカルはトランシーバーの使い方をすぐにおぼえた。肌身はなさず持ちあるくようになり、無線機ごっ

こをせがむ。

「パパー！　おしりー！　これやろう、これぇ！」

なにかひとつナチュラルに意味不明な単語をはさみながら、トランシーバーをかかげて俺のところにやってくる。俺は遊びにつきあった。もう片方のトランシーバーを持って、あるときは押し入れにかくれて、またあるときはカーテンにくるまって、声を送信する。

「パパはどこにいるとおもう？」

かくれんぼをしながら、言葉のやりとりをたのしんだ。といっても、ほとんどの場合、ヒカルの話の内容はわからない。ごにょごにょとした、不明瞭《ふめいりょう》な言葉の羅列に、俺はてきとうな返事をする。はっきりと彼が自信をもって発音できる言葉はかぎられていた。好きな乗り物の名称か、おっぱいちんちん系である。それでも俺とナツミは満足だった。同い年の子にくらべて、言葉のおそいほうだったから、どんな言葉でも、発してくれるとうれしい。

トランシーバーに紐《ひも》を通す穴があったので、首からさげられるようにしてやった。いつのまにかヒカルは、お気に入りのキャラクターのシールをごてごてと貼り、トランシーバーを飾りつけしていた。そんなヒカルが死んだのは、二〇一一年三月十一日のことだった。例のクソ地震が、クソ津波を引き起こし、妻と息子をどこかへ連れ去

ったのである。自宅は数百メートルはなれた場所で発見された。一階部分は見当たらず、二階部分のみが山の斜面に引っかかっていた。会社にいて俺だけが無事だった。遺体安置所となっている体育館を何ヵ所も捜し回ったが、結局、ヒカルとナツミの遺体は見つからなかった。

一年が経っても、家族や友人が入れ替わりにたずねてきた。俺が自殺していないか様子を確認する目的もあったのだろう。

「おまえのうちの子どもは何歳になった？」

「四歳だ」

「もうおむつははずれたのか？」

「うん。トイレで用を足せるようになったよ」

たずねてきた友人とそのような会話をしているうちに、感情のおさえがきかなくなって、追い返してしまう。

会社のそばにアパートを借りていた。自炊しない俺はコンビニで弁当と酒を買って帰宅する。テレビを見ながら夕飯を食べた。アパートは二部屋しかなかったが充分すぎるほどひろい。以前だったらヒカルのおもちゃで足の踏み場もないほどにちらかっていただろう。畳の縁《へり》にそってミニカーを何台も連ねてあそんでいただろう。回収で

きたヒカルとナツミの持ち物は、段ボール数個分しかない。泥をぬぐって、かわかして、押し入れのなかにしまっていた。

普段はかんがえないようにしながら生活している。会社でへとへとになるまではたらき、同僚に一礼してアパートへもどる。飲み会に参加することはない。俺がいると盛り上がりに水をさすだろう。だから自宅でひたすらに酒を飲んだ。ビール、焼酎《しょうちゅう》、日本酒、ワイン、意識が混濁するまで胃に入れる。

深夜にその音を聞いたのは震災から二年が経ったころだ。反原発を主張する政治家の演説をテレビでながめながらその日も俺は酩酊《めいてい》していた。赤ワインのおかげで心地よくまどろんでいると、どこからともなくザーという音が聞こえてくる。押し入れのなかで音は鳴っていた。ねむけとめまいにおそわれながら段ボール箱をひっぱりだす。半壊した自宅から回収したおもちゃのトランシーバーのＬＥＤランプが赤色に点灯している。ザーという音はそのスピーカー部分から出ていた。何かの拍子で勝手に電源が入ったのだろう。いつもヒカルが首からさげていたほうではない。紐が通され、シールの貼られたトランシーバーは、ヒカルとともに行方不明のままだった。今も首にさげた状態で、どこかの海をただよっているのかもしれない。

ザー……。

トランシーバーをながめながら俺は酒を飲んだ。酔いながら俺は、ありえた可能性

についておもいを馳《は》せる。あの日、たまたま俺の気まぐれで会社を休み、全員でどこかに出かけていたとしたら？　たとえば隣の県にある実家に滞在していたら？　津波の被害をまぬがれて、沈痛な大人たちの横でヒカルは従兄弟《いとこ》とはしゃいでいただろう。そして今も俺の周囲をどたばたとはしりまわっては、ナツミにしかられていただろう。あのとき、ああしていればよかった、こうしていればよかったと、後悔ばかりで胸がはりさけそうだ。そのうちに俺はねむりに落ちていく。深く心地いい闇の世界へと意識がすべりこむ。

ザー……。

しかしその日、ねむりにつく直前に俺は聞いた。ホワイトノイズが途切れがちになり、なつかしい声がふいに聞こえてきたのである。

……パパー……ザー……おっぱ……ちん……ザー……。

二

携帯電話の目覚ましアラームが鳴り、泥沼から這《は》い出るように立ち上がってシャワ

ーを浴びた。珈琲《コーヒー》だけ飲んで会社にむかう。仕事をしてコンビニに寄って帰宅。後は酒を飲んで寝るだけだ。俺の生活はシンプルになった。津波が何もかも持ち去ってしまったせいだ。予定を子どもに邪魔されることもなくなったし、食べかけのジャムパンをしらないうちに引き出しに入れられることもない。子どものおしりを拭《ふ》いているときに、うっかり指先にきたないものをつけることもなくなったし、冬にかさかさの指が紙おむつにひっかかることもない。

　感情があふれださないように、テレビを点《つ》けてバラエティ番組でも見よう。意識をそちらにむけるのだ。そのとき、リモコンの電池が切れていることに気づく。さてどうしようかとおもいながら部屋を見回すと、トランシーバーが床にころがっていた。

　昨晩の出来事はなんとなくおぼえていた。トランシーバーとリモコンは、どちらも単四の電池を使っている。ならば電池をリモコンに入れ替えてしまおうか。トランシーバーのなかに入っていても、どうせ使うことはないのだから。そうおもって俺はトランシーバーの電池カバーを外す。そのときはじめておもいだしたことがあった。

　それを回収したとき、トランシーバーは泥まみれになっていた。保管するために電池を抜き、すみずみまできれいに拭いた。もう使わないことがわかっていたから、古い電池は捨てていたのである。つまりトランシーバーのなかに電池は入っていなかったのだ。それなら昨晩のホワイトノイズはなんだったのだろう。赤色にかがやいてい

たLEDランプはなんだったのだろう。

深くはかんがえなかった。すべては酩酊状態の見せる幻覚や幻聴にちがいない。

二度目にトランシーバーが鳴ったのは数日後のことだ。俺はその日、会社の車で外回りをしていたのだが、信号待ちをしているとき、子どもを連れた母親を見かけた。後ろ姿がナツミとヒカルに似ていたので、もしかしたら津波に巻きこまれずに生きのびていたんじゃないかとおもいこんでしまった。

交差点に車をのこし、運転席を飛び出して俺は母子を追いかけた。呼びかけてふり返った二人の顔は、ナツミともヒカルともちがっていた。クラクションが何度も鳴らされた。交差点に放置した車のせいで後続の車が立ち往生していたのだ。

その晩、ひどい酔い方をした。手元があやうくなり部屋に焼酎をぶちまける。拭く気力もなく、俺は心をおちつけるためにビールの缶を開けた。部屋がゆれていたので余震かとおもいテレビをつける。いつまでたっても地震の報道がないため、ゆれているのは自分だと気づく。

視界がぐにゃりとまがり、うねり、頭痛がしはじめる。耳に膜がはったようになり、いつからか、ザーという雑音まで聞こえている。部屋の片隅を見ると、先日から出しっ放しにしているトランシーバーのLEDランプがかがやいていた。

「電源が入ったふりをしやがってこの野郎！」などと俺は口走る。

ホワイトノイズがちいさくなったかとおもうと、子どもの声が受信された。まぎれもなくそれは聞き覚えのあるものだった。

ザー……パパー……ザー……。

ヒカルは死んだはずなので、俺が勝手に頭のなかでつくりあげて再生している声なのだろう。しかし俺はこの幻聴を嫌いにはなれなかった。

パパー……どこー……いないよー……ザー……。

トランシーバーをひっつかむと、黄色の送信ボタンを押して呼びかける。

「ヒカル、聞こえるか？　パパ、ここにいるぞ！」

たとえ実在しないものであっても、その声は俺の心を幸せにした。しばらくまたホワイトノイズがながれて返事がある。

……パパいたー……ザー……おへそー……。

言葉が届いたことにふるえがはしる。俺はさらに呼びかけた。

「おへそ？　おへそがどうかした？」

ザー……おへそかゆーい……ザー……。

「あんまりかいちゃだめだぞ！　ママは？　ママはそこにいるのか？」

……ママー？……いるよー……。

「ママにかわってくれる？」

だめー……おっぱーい……。

幻聴だと割り切って俺は会話をたのしんだ。ヒカルの話は支離滅裂だったがかまわない。酒がすすみ、舌がまわらなくなり、やがて気絶するようにねむってしまった。そういうことが週に何度かおきるようになり、次の日はいつも気分がよかった。

俺が自殺していないかどうか、あるいはその兆候がないかどうかを確認するため、妹が様子を見にやってきた。玄関先で俺の顔を見るなり、妹はほっとした顔をする。

「よかった、顔色いいみたいね」

「最近、調子がいいんだ」

しかし、部屋にあがって大量の酒瓶を発見すると、妹は顔をしかめた。

「飲み過ぎなんじゃない？」

酒量が増えていることの自覚はあった。その反面、精神面は安定している。部屋も掃除するようになったし、自炊するようになった。炊飯器を購入して、無洗米を炊き、ほかほかのごはんを夕飯に食べた。しかし朝食はいまだに珈琲一杯しか飲む時間がない。夜おそくまでヒカルとトランシーバーで話しているせいだ。

「だけど、良かった、兄さんが元気そうで」

「きっともうだいじょうぶだ。心配かけたな」

妹はそして、部屋の棚に置かれたトランシーバーに目をやる。

「なつかしいなあ、ヒカルくんと遊んだよねえ」

手にとって電源スイッチをオンにするが、LEDランプは光らないし、ホワイトノイズも聞こえない。

「電池、入ってないんだ。酒を飲んで酔っぱらうと、ヒカルの声が聞こえてくるんだけどなあ」

妹は、俺が冗談を言ったとおもったらしい。

その後、俺は会社の健康診断にひっかかり、酒の飲み過ぎだと忠告されたが、無視を決めこんだ。俺のやるべきことは、スーパーで日本酒や焼酎やワインやウィスキーを買いこむことだった。トランシーバーでヒカルの声の幻聴と会話をするには、酩酊状態にならなくてはいけない。視界がゆがみ、部屋の柱が生き物の内臓のようにうねりはじめ、やわらかい床の上で右や左にころがりそうになりながらアルコールを流しこむ。そして気づくと、トランシーバーのLEDランプが赤くなっているのだ。

パパー……いるー？……ザー……うんちでたー！……。

震災から二年経っても、大人が顔をしかめるような言葉を好んで言う。俺は送信ボタンを押して話しかける。

「そうかそうか。ママにおむつをかえてもらえ」

ザー……パパやってー！……ザー……。

「パパは遠くにいるからだめなんだよ」

……こっちきてー！……いっしょにあそぼー！……ザー……。

死者の言葉はそのとき甘いものに感じられた。

酩酊状態の俺は、普段ならかんがえない行動をとる。

「しょうがないなあ。じゃあ、ちょっとまってろ」

トランシーバーを置いて収納棚にむかう。梱包《こんぽう》用のビニール紐を取り出して、俺は首を吊《つ》った。

三

取引先の会社の応接室で名刺の交換をした。革張りのソファーにこしかけて商談をはじめる。若い事務の女子社員がやってきて俺の前に湯飲みを置いた。

「竹宮《たけみや》くん、どうした？」

商談相手の男が、お茶をはこんできた女子社員に声をかける。本来なら湯飲みを置いてすぐに退室する予定だったのだろう。しかし竹宮と呼ばれた女性はうごかない。視線が俺の首筋にむけられていた。目があうと、はっとした様子で頭をさげて、彼女は部屋を出て行く。

首筋の痣《あざ》を見られてしまったらしい。ふつうに対面しているだけならワイシャツの襟元にかくれてしまうので安心しきっていた。しかし彼女からは、ソファーにこしかけた俺の首が、上からのぞきこむような角度で見えてしまったのだろう。

自殺は未遂におわっていた。首を吊るために紐をひっかけた場所が意外にもろかった。ぶらさがって数秒後、壁の石膏《せっこう》ボードに刺さっていたフックが抜けてしまったのである。結果、命は落とさなかったものの、数日が経過しても消えない紐の跡が、痣として首にのこっていた。

商談を終えて取引先の会社を出ると、駐車場で声をかけられた。湯飲みをはこんできた若い女子社員が、寒そうにふるえながら立っている。

「あの……」

彼女はコンビニの袋をさげていた。チョコレートの箱を俺に差し出す。どこにでも売っている商品だ。

「これ、おいしいんですよ。食べてみてください」

「ああ、これ」

「ご存じですか？」

「息子が好きだったんです」

返事をしながら、彼女はどこまで俺のことをしっているんだろうかとかんがえる。話しかけてきたのは、首の痣のことが関係しているのだろうか。自殺未遂によるものだと察し、心配してくれたのかもしれない。チョコレートのお礼を言って会社の車に乗り込みエンジンをかけた。俺が車を出すまで彼女は駐車場に立っていた。

その後、何度目かに顔をあわせたとき、名刺交換をして連絡をとるようになった。フルネームは竹宮アキ。はにかむようなわらいかたが印象的だった。はじめていっしょに酒を飲んだとき、彼女は真剣な顔で言った。

「死なないでくださいね、お願いですから」

彼女は両親を震災でうしなっていた。

ザー……。

アパートの俺の部屋にホワイトノイズが流れ出す。

「ママ、そこにいる？　かわってくれない？」

酩酊状態で俺はおもちゃのトランシーバーをつかみ、送信ボタンを押して話しかけ

た。トランシーバーの件はだれにも相談していなかった。息子の声の幻聴を聞くことで、精神を保っているなどとしれたら、奇異の目で見られるにちがいない。カウンセラーを紹介されるだろう。しかし俺には、たとえ実在していないとしても死者の声がひつようだった。それにより癒《い》やされ、自分だけが生きていることへの負い目をやわらげることができた。

ホワイトノイズが途切れ途切れになり声が聞こえてくる。

パパー……ママいるよー……ザー……おっぱいちゃーん……。

ヒカルの間抜けな発言を聞いていると、その瞬間だけは、震災前の平和なころにもどったような気持ちになれた。ちなみに、おっぱいちゃん、などという卑《ひ》猥《わい》な言葉も、生前のヒカルが好んで発していたものである。はたしてどこでそれをおぼえてきたのかは不明である。俺がヒカルの前でそのような言葉を口走ったことは決してないのに。

「ママにかわってよ」

だめー……ヒカルがはなすのー……ザー……。

「ママは元気？　泣いてない？」

ママ……エンエン……してないよー……おっきいおっぱいちゃーん！……ザー……。

エンエンというのは泣いている様をあらわす幼児語である。

「ほかにだれかいる？」

いるよー……みんないるー……。

「そこは暗いのか？　明るいのか？　どんなところだ？」

わかんなーい……ヒカルぶぅしたー……ザー……。

ぶぅというのはおならのことだ。ヒカルはおならをするたびに「もっかいぶぅしたいなあ！」と何度もおならをしたがった。迷惑な話だ。

「ヒカルはそっちで、いつもなにしてるんだ？」

おどってるよー……ママとねーおどるのー……。

幻聴であるという意識はずっとある。フィクションであり、創作された物語だ。だけど、ほんとうに死者の国があり、そこでナツミやヒカルが、ほかのたくさんの死者たちと、幸福に暮らしていたら、どんなにいいだろう。人が宗教をつくり、死後の世界を物語ったのは、消滅への恐怖からだとばかりおもっていた。だけどもしかしたら、宗教をつくり出した人々の原動力は、亡くなった者たちへの労《いたわ》りと慈愛だったのかもしれない。

竹宮アキとの交流がはじまって一年が経過し、親密な雰囲気は日を追うごとにました。しかし俺たちの関係は、あくまでも友人づきあいにとどまった。俺には迷いがあった。あたらしい恋人をつくることで、ナツミやヒカルのことをわすれてしまうような気がしたのだ。震災前の家族を過ぎ去ったことにしたくはなかった。二人が生きて

いたことを、わらっていたことを、俺だけでもおぼえていなければならないのだ。恋人をつくり自分だけ幸せになることを、二人に対する裏切りのように感じていた。竹宮アキは俺のそういう迷いにおそらく気づいている。そのことについて問われることはなかったけれど。

「私の母、福島出身だったんです」

ある日、レストランで食事中に竹宮アキが言った。彼女の母親の実家は、原発事故で帰還困難区域に指定された町にあるという。もちろん今はだれも住んではいない。年間積算放射線量が五十ミリシーベルトを超えており、そこで一定期間をすごすと人体が致命的なダメージを負う可能性がある。

「町へ行こうとすると、途中で検問があって、その先へは行けなくなっているんです。そこで車をとめて町のほうをながめたこともあるんです。どうってことない山道があるだけです。放射性物質が実際にあるのかどうか、もちろん肉眼では見えません」

子どものころに行ったおもいでの場所は封鎖されてしまったのだ。もう足を踏み入れることはないだろう。母親の生家や育った土地の地面にふれることは二度とない。

「放射能って、お化けみたいですよね」

「お化け？」

「放射能を気にして遠くへ逃げる人もいれば、まったく気にしない人もいる。人体へ

の被害も曖昧《あいまい》で、影響があると言ったり、そんなものはないと言ったり。それでも漠然とした不安がみんなのなかにあって、それを強がりでかんがえないようにしているところもあって。『オバケなんてないさ』って歌の歌詞を、おもいだしちゃうんですよね」

彼女はそう言うと、歌詞の一部を口にする。

オバケなんて　ないさ
オバケなんて　うそさ
ねぼけたひとが
みまちがえたのさ
だけどちょっと　だけどちょっと
ぼくだって　こわいな
オバケなんて　ないさ
オバケなんて　うそさ

地震と津波の影響で炉心溶融した福島の原発から、多量の放射性物質がまきちらされた。それは目に見えず、人体にどのような影響が出るのかをはっきりと定義できな

いまま、俺たちはすごしていた。漠然としてとらえどころのない不安をかかえたまま、まあ大丈夫だろうと言い聞かせながら空気をすっていた。しかしその日々は、まだつづいているのだ。

「すべての境界は曖昧なんです。各自が自分なりの現実認識にしたがって、信じているものを自分なりに定義していくしかないんです」

そして竹宮アキはこのようにつづけた。

「友人と恋人の境界も曖昧のままでいいとおもうんです」

彼女の顔は真っ赤だった。もう逃げ出すことはできないぞとおもい、俺は決心すると、トランシーバーのことをうちあけた。幻聴のこと、ヒカルの声のこと、死者たちをわすれたくないことを洗いざらいしゃべった。彼女はわらわずに最後まで聞いてくれた。

四

俺の心には死者が住み着いているのだろう。震災前のなつかしい声で、おっぱいと

か、ちんちんとか、そんな言葉を連発する死者だ。アルコールを摂取することで、俺は死者と意思疎通できる。もちろん、その死者は俺の心が勝手に生み出したフィクションであり、もうこの世には存在しないものだ。だけどその定義にどんな意味があるだろう。すべての境界は曖昧なのだ。

竹宮アキがアパートに転がりこんできて、いっしょに住むようになり、あらためて俺の酒量のおおさにおどろいていた。

「お酒を減らしてください！　死にたいんですか⁉」

「休肝日をとるように気をつける。四年に一回くらいは」

「すくなすぎです！」

彼女は俺と死者の時間を尊重し、生活のサイクルに取り入れてくれた。週に何回か、決められた曜日にだけ酩酊状態になり、トランシーバーでヒカルと話をする。それをしない日はアルコールを断ち、酒量を減らすように努力した。

トランシーバーで幻聴の声と会話する様を決して見られたくはなかった。酩酊状態でおもちゃに話しかけている男の姿など滑稽《こっけい》の極みである。俺はそのことを自覚している。竹宮アキにおねがいしてその時間はアパートを出てもらった。友人との飲み会や、ファミレスでの読書で時間をつぶしてもらう。死者との会話の最中、いつも俺は眠ってしまった。気づくと朝になっているのだが、俺の体には毛布がかけられていた。

二年間の同棲《どうせい》を経て結婚を決意する。市役所に婚姻届を出し、竹宮という彼女の苗《みょう》字《じ》は旧姓となった。式は挙げなかったが親類や会社の同僚たちから祝福をもらった。全員がほっとした様子で俺のことを見ていた。そのころにはヒカルとの会話も週に一回ほどに減っていた。そのぶん、目の前にいるアキとの会話がふえた。彼女との歴史が積み重なり、いつのまにか、ヒカルと過ごした年数を超えていた。

「話したいことがある。パパ、結婚したんだ。相手はヒカルのしらない人だ」

酩酊状態で俺はトランシーバーに話しかける。その日、アキは俺を一人にするため、映画館のオールナイト上映に出かけてくれた。幻聴のホワイトノイズが途切れ途切れになり、いつもと変わらない声が聞こえてくる。

ザー……パパー……おっぱーい！……。

　何年が経過してもヒカルの言動は成長しない。同い年の子はランドセルを背負って小学校へ通い始めたというのに。

「わかってるのか？　パパはな、ママとちがう人と結婚したんだ。だけど聞いてくれ。パパはおまえたちのこと、ずっとわすれないからな。毎日おもいだしてる。だから、ゆるしてくれるか？」

　いいよー……またあそぼー……。

「わかった。昔みたいに、かくれんぼをしよう」

やるー！……おしりくさーい！……きゃはー！……ザー……。

俺はトランシーバーを持ったまま室内をあるく。アルコールのせいで部屋の壁が、ふくらんだり、ちぢんだりをくり返しているように見える。俺は押し入れにひそんで引き戸をしめる。真っ暗な状態で声を送信する。

「さあ、かくれたぞ。パパはどこにいるとおもう？」

えー……どこー？……いないよー？……ザー……。

暗闇のなかでトランシーバーの声に耳をすます。震災前、俺たちはよく、こういう遊びをした。会話をしながら、すこしずつヒントを出して、かくれているほうを見つけるのだ。しかしその日、いつまでたってもヒカルは俺を見つけられなかった。幻聴なのだから自明のことだけど。

パパいなーい！……ザー……ママよんでるー……。

「ママが？　なんだって？」

めーしてるー……ザー……そっちめーだってー……。

「めー」というのは幼児語で「だめ」という意味である。子どもに対してしかるときの「だめっ！」という言葉が変化し、やさしい口調で忠告をする際に使用されていた。

ザー……パパー！……そっちいきたいよー！……。

暗闇のなかで俺はトランシーバーをにぎりしめる。しかしこう言うしかないのだ。

「……こっちは、めーだ。ママがそう言うんなら、しかたないよな。ヒカル、ママをこまらせたらだめだぞ。エンエンだめだぞ」

わかったー……エンエンだめねー……。

「じゃあな、ヒカル」

ばいばーい……おっぱいちゃーん……またねー……。


何年が経過しても福島の一部の地域は封鎖されたままだ。原発をめぐる言葉は、政治家を選ぶ際の重要な指針となった。しかし東北の復興はすすみ、妻が妊娠した。アパート

家族も増えることだしマンションを購入しようかなどと話していた時期、アパートが火災の被害にあった。二人で産婦人科に行き、アパートへもどる途中、消防車が俺とアキを追い抜いていく。まさかとおもいながら早足になった。

アパートの前に人だかりができていた。空には黒煙が立ちこめている。ポンプ車からの放水がはじまり、アパートの窓から噴きだしている炎を押し返そうとしていた。火災の発生場所は俺たちの部屋ではなかった。被害状況からそのことがわかり俺たちはほっとする。しかし火の手はそのとき、すでにアパート全体へとひろがっていた。おなじアパートの住人が、何人か呆然《ぼうぜん》とした顔で炎を見上げていた。部屋着のまま外に出てきた者もいる。

アキが進み出てアパートのほうへちかづこうとした。消防隊員の一人がそれに気づいて押しとどめようとする。しかしその前に、彼女の腕を俺がつかんだ。

「アキ！」

　呼びかけると、彼女はふりかえり、蒼白《そうはく》な顔で言った。

「部屋が……。トランシーバーが……」

「だめだ。あきらめろ」

「でも」

「いいんだ。もういい」

　俺はアキの手をつかんだまま離さなかった。トランシーバーが燃えてしまえば、もう二度と、ヒカルの幻聴を聞くことはない。だけど俺は、もっとはやくに別れを告げるべきだったのだろう。

「もういいんだ。ありがとう」

　決心すると涙がこみあげてきた。あの日、もしも俺が妻と息子のそばにいたなら。波間に消えようとする二人の手を、今とおなじようにつかむことができただろうか。行くなとさけんで、この世に繋《つな》ぎ止めておくことができただろうか。アキの顔が炎で照らされている。俺は鼻をすすりながら、彼女を不安にさせまいと顔をあげることにした。俺はまだ生きている。生きている側の人間なのだから。火の粉が舞い、冷えて

灰になる。そして雪のように、俺たちの頭上にふりそそいだ。

子どもが産まれた。今度は女の子だった。誕生してしばらくは眠れない日々がつづく。数時間おきに腹が減ったと泣きわめくし、おむつも替えなくてはいけない。睡眠不足のアキがぼろぼろの状態で母乳をやり、俺も粉ミルクをつくって、ほ乳瓶で飲ませてやる。しかし女の子のほうが成長もはやく、いつのまにか立ち上がり、あるけるようになり、そして例の時期にさしかかる。

「パパー！　あそぼー！　おっぱーい！」

そこから先の子育ては俺も未経験だった。記憶のなかにあるヒカルの背丈を娘は追い越してしまう。大人が顔をしかめるような言葉もやがて発しなくなり、急におしとやかになった。

娘が中学生になったころ、俺はもうすっかりおじさんになっていた。妻と娘は顔がよく似ていて、姉妹のように見えなくもない。

それはある日曜日のことだった。数年前から飼っている犬の世話をして、家のなかにもどると、娘が押し入れを開けていた。段ボール箱から古いアルバムを引っ張りだしてながめている。震災のときに失った前妻と息子の写真だった。火災現場からおもいでの品をいくつか回収できていた。すべてが無事というわけではなかったが、アル

バムの大半が焼失をまぬがれていたのは幸運である。

ひとしきりいっしょにながめたあと、娘はそれらを段ボール箱にもどそうとする。

「あ、これって……」

娘はそう言って、箱の奥にしまっていたトランシーバーを手に取った。熱で変形し、青色のプラスチックが溶けて、内部の基板までも焦げている。アパート火災の後、アルバムとともに発見し回収しておいたのだ。しかしあれ以来、俺はヒカルの声を聞いていなかった。

「ねえ、お父さん、これ、こわれてるよね？」

「見ればわかるだろ。すっかり鳴らないよ」

娘は不思議そうにしながら、トランシーバーをいろいろな角度からながめる。送信ボタンを押してみるが、熱でゆがんだプラスチックのせいで、うまく押しこむことはできない。

「でも、ちっちゃいころ、これ、鳴ってた気がするんだよね。こわれたラジオみたいに。変な電波を受信してたのかな？」

箱にしまって立ち上がり、苦笑しながら、そして娘は言った。

「おっぱいいちゃーん、ってね」

私の頭が正常であったなら

一

　夫は社交的で友人もたくさんいた。先輩からも後輩からも慕われ、みんなと明るくお酒を飲むのが好きだった。容姿もすぐれており、つきあっていたときなどは、自分にはもったいない相手だとおもったものだ。結婚して私たちは娘をもうけた。祐子《ゆうこ》。それが私たちの娘だ。

　しかし娘が産まれるすこし前から、私は夫に対して、不信感のようなものを抱くようになっていた。性差別的な意識が言動の端々に感じられるようになったのだ。夫は「男らしさ」や「女らしさ」というものを強調した。男は外で働いて収入を得る。女は家事をして男が帰ってくるのを待つ。だから私が働こうとするのをいやがったし、仕事をして帰ってくる自分は尊敬されるべきだ、と彼は言う。会話で意見が分かれる

と、妻は夫にしたがうものだと怒りだす。

彼が祐子の世話をすることはない。たとえ祐子が泣いていたとしても、「泣いてるぞ、どうにかしろ」と私に言うだけだ。それでも自分の子はかわいいらしく、たくさんの写真を撮って会社の同僚たちに見せていたし、誕生日にはプレゼントを買ってきてくれた。時々は感じられる彼のやさしさに、私はほっとして、この結婚はまちがいではなかったと自分に言い聞かせた。

夫はスポーツが好きでジムにも通っていた。汗を流し、シャワーを浴びて、ジムでつくった友だちとおしゃべりを楽しんで帰ってくる。しかし家にいるときは、声を大きくして私をぞんざいにあつかう。彼の両親がそういう関係性だったようだ。古風で頑固な、それでいて尊敬できる父親と、粛々と付き従う母親、それが彼の理想の夫婦だったのかもしれない。

夫は私をたたくようになったが、私が悪いからそうするのだ、しつけのためなのだ、と夫は主張する。私もまた、そのことに納得してしまったのは、夫の期待にこたえられないふがいなさのようなものを感じていたからだ。

祐子は四歳になるころ、夫とおなじ部屋にいるとき、緊張して肩がこわばるようになっていた。夫がそのことに気付いていたかどうかはあやしい。なぜなら私と二人だけでいるときの祐子の安らいだ表情というものを夫は見たことがなかったからだ。

祐子は頭が良かった。だから夫に対してしきりに抱きついて「すきだよパパ」とくり返し言うようになった。愛していることを示すことにより、守ってもらえるにちがいない、危害をくわえられないはずだ、と本能的に覚《さと》ったのだろう。また、言葉にすることで祐子の中にも父親への愛情がいくらか生まれていたにちがいない。どんな親だったとしても、ちいさな子どもは、愛そうとするものだから。娘に抱きつかれる夫はまんざらでもない様子で、機嫌が良いときは怒鳴る頻度もすくなくなる。私にとってもよろこばしいことだった。

離婚を決意したのは、祐子が五歳の誕生日をむかえる目前の時期だった。飲み会から帰ってきた夫は、まだお酒に酔っていた。そのままお風呂《ふろ》に直行したのだが、私が追い焚《だ》きのスイッチを押し忘れており、浴槽にはられたお湯はほとんど水になっていた。腹をたてた夫は、怖かった。私があやまっていると、寝ていたはずの祐子が起きてきて、おびえた目をしていた。

祐子はただ父親のことを見ていただけだ。夫は何が気に入らなかったのだろう、祐子に対しても腹を立てて怒鳴りはじめた。まだちいさな祐子の体を、足で、どんと押した。酔っていたから手加減ができなかったのではないか。祐子は派手にころんで、テレビ台の角に頭を打ち付けて怪我をした。血が出ていたので、祐子の体を抱いて私はタクシーで病院へむかった。

夫は「それくらいの怪我で大げさだな」と笑っていたが、確かにその通りだったのかもしれない。祐子の傷は出血量に比較してちっぽけなものだった。だけどその出来事をきっかけに私は変わった。このまま夫のそばにいては、いつかもっと大きな怪我を祐子が負ってしまうのではないかとかんがえるようになった。

妹に相談してみると、その手の問題に詳しい弁護士を紹介してくれた。娘の怪我の診断書や、私の体にできた痣《あざ》の写真などを用意するようにと、弁護士からアドバイスをいただく。夫が大声で怒鳴っている様をこっそりと録音することもあった。一ヶ月間ほどの準備期間を経て、私と祐子は東京都小金井《こがねい》市の実家へと避難した。離婚の意思は弁護士から夫へと伝えてもらった。夫は意外にも憤ることはなく「彼女にあやまっておいてください」としずかに言ったという。私たちの結婚生活は六年程度で終了した。

私たちの関係は事務処理のように淡々と解消された。結局、元夫に対し、私は最後まで大声を出すことはしなかった。精神的に屈服していたので、面とむかって言い返し、声を荒らげるなんてことはできやしなかったのだ。

元夫の顔を見ない生活がはじまった。実家には私の実母と、二十五歳の妹が住んでいる。そこに私と祐子が転がりこんできた状態だ。おだやかな日々だった。妹は祐子にやさしく、シングルマザーとなったせいか保育園にも優先的に入れてもらえた。祐

子のちいさな手をにぎりしめて、老いた私の母が神社へ散歩に連れて行ってくれた。

離婚の原因について元夫の周辺にも情報は広まっていたようだ。元夫との共通の知人とメールでやりとりをしたのだが、元夫が家庭では暴力をふるっていたことにみんなはおどろいているという。中には、私が事実をねじまげて、オーバーに物事を深刻化させているのではないか、といった見解を抱いている者さえいるそうだ。ほうっておけばいい。一生、会うことのない相手が、どんなことを言おうと平気だ。

財産分与も問題なく済み、養育費の支払いは月に一度、手渡しでうけることになった。銀行への振り込みではなく直接に手渡しなのは、同時に子どもへの面会をおこなうためだ。祐子への面会は、この離婚に対して元夫が唯一、譲歩できない点だったらしい。面会の要求を断る申し立ても可能だと弁護士は言う。しかし、その条件を呑《の》むことですべてがまるくおさまるならと、私は受け入れた。祐子は私たち双方にとって等しく我が子なのだ。娘に会いたいという元夫の心情は理解できた。ただし、面会場所は人がたくさんいるような街中に限らせてもらった。他人の目がある場所なら、問題行動もおこさないだろう。

初夏に三度目の面会が行われた。朝から祐子はうかない顔で、家を出るときも「いきたくない」ともらした。「パパに会いたくないの？」と聞くと、娘はうなずいた。元夫に対して良い印象はのこっていないらしい。緊張する祐子の手をひいて、電車に

乗って都心へむかった。「もしかしたら、パパ、おもちゃを買ってくれるかもしれないよ」と物で釣ってようやく祐子の気分は持ち直した。

面会場所のカフェのテラス席に彼は座っていた。三回目になると、以前よりは落ちついて彼と向かい合うことができた。私たちは珈琲《コーヒー》を飲みながら、祐子はオレンジジュースを飲みながら、近況について話をした。

ひとしきり雑談を終えて、次の話題をさがす。気持ちのいい空だった。時間がゆったりと流れている。

彼は祐子を愛《いと》おしそうに見つめて、「また大きくなったんじゃないか？」と言う。それから「また三人でやりなおせないかな」と提案する。私が首を横にふると、「そうか」と彼は肩をすくめた。

「それならしかたないな、このブス」

カフェは公園に面していたが、すこし離れた位置に片側三車線の道路があった。建設現場へむかうクレーンを載せた大型車両もはしっている。そのせいで地響きのような音が聞こえた。

元夫は立ち上がった。座っている私の前にやってきて頰をおもいきりたたく。脳震《のうしん》盪《とう》を起こしそうなほどの衝撃があった。ジュースのストローをくわえたまま祐子は呆《ぼう》然《ぜん》としていた。元夫は娘の体をつかんで無理矢理に立たせると、引きずるようにして

どこかへ連れて行く。

祐子の悲鳴で周囲の人々が何事かとふり返った。私はすぐには立てない。あまりに突然の事態だったから頭が追いつかないし、足腰に力が入らない。元夫と娘が遠ざかっていく。祐子をタクシーにでも押しこんで以前の住居へ連れて行ってしまうんじゃないかと想像した。そして無理矢理に以前とおなじような結婚生活を強要するつもりなんじゃないか。結論から言えば、彼はそんなことはかんがえていなかったのだが。

「だれか、止めて！　だれか！」

とにかく大声を出す。祐子はいやがって手をふりほどこうとするが、大人の力にはかなわなかった。片腕をしっかりとつかまれて、ずるずると引きずられながら、ふり返る通行人の間を抜けていく。

私はようやくのおもいで立ち上がり、足をもつれさせながら追いかけた。彼は、私の方をちらりと見て、おまえが悪いんだぞ、と言いたげな表情をする。くちびるの端をゆがませて、笑っていた。

「だれか！　その人を……！」

うごいてくれる人はいなかった。祐子は、いやいやをするように首を左右にふっていた。その手を引っ張って彼は、ガードレールの開いているところから道路へと侵入する。何のためらいもなく、横断歩道を渡るみたいに平然と。

ばたん、と音をたててトラックが彼を轢《ひ》いた。急ブレーキの音が直後に響き渡る。周囲から悲鳴が上がった。彼は即死だった。祐子も無事では済まされなかった。タイヤの重みで腹は破裂し、頭の骨も砕けていた。私は駆けよると、大丈夫、まだ間に合うから、がんばって、と娘をはげましながらこぼれ落ちたものをかき集めて体の中に戻そうとした。

二

野川《のがわ》を舞う、蝶《ちょう》の夢を見る。幻聴か、そうでないのか、私にはそれを判断することが困難だ。

入院中、私は、ありもしない物音や声に悩まされたものだ。ちょっとした物音を聞き違えて、疑心によって増幅され、私にむけられた言葉のように感じられてくる。思いこむことで、ありもしない言葉たちは、現実に等しい質量を持つ。幻聴は私を責めた。あの出来事はすべて私の責任なのだ。祐子は父親に会いたくなかったのに、私が連れて行ってしまったせいで死んだ。いやいやをしながら車の前に連れて行かれた。

私のせいだ。私のせいで死んだ。

三年間、自殺未遂と入退院をくり返しながら、元夫の行動や心理状態についてかんがえさせられた。娘を連れて私の目の前で心中。最期まで彼は私を傷つけずにはすまさなかったのだ。おもいだすと、あらゆる感情が脳を混乱させ、最終的に真っ暗な穴へと突き落とされるような気分になる。周囲にも迷惑をかけた。妹は私に包帯を巻くのが上手になった。私が腕をかきむしってしまうから。

抗精神病薬のおかげで、以前のように破裂することはすくなくなった。私は上手に蓋《ふた》ができるようになった。かなしみが溢《あふ》れそうになる前に、蓋をして正常さを保つのだ。

その声を聞いたのは、退院して実家で療養している時期のことだ。妹や母に付き添ってもらいながら野川のほとりを散歩するのが日課となっていた。小金井市の実家のそばに、住宅地を横切るような形で野川という名称の河川が流れている。野川の両岸は幅が数メートル程度のこぢんまりとした土手で、近隣住人が犬をよく散歩させていた。

初夏の日差しが木々や草花にふりそそいでいる。蝶がはばたいて、ゆらゆらと舞っていた。実家から十五分ほど野川沿いをあるいたところで、ふと私の耳に、子どもの声が聞こえてきたのである。

私は立ち止まる。風にまぎれて消えてしまいそうなほどの、かすれたような女の子の声がした。周囲を見回したが、声を発した子どもの姿はない。

「ねえ、何か聞こえない？」

「え？　何かって？」

その日の付き添いは妹だった。彼女は耳をすますような仕草をする。野川の土手にのびている草を風がゆらした。ざわざわと音がする。

「子どもみたいな声が、聞こえたような気がするんだけど」

「気のせいだったみたい」

私はあるきだす。野川沿いに進むと公園があり、そこのベンチで一休みして帰ってくるというのがいつものコースだ。妹はすこしおくれてついてきた。彼女は大学を卒業して中小企業の事務をしていたが、現在は求職中である。結婚相手を探しに友人との飲み会に参加する以外は、実家で自堕落な日々をすごしている。妹が心配そうに言った。

「また幻聴がぶり返したってことはない？」

野川と土手は、周囲の住宅地よりも、一段、低くなった位置にある。住宅地の路地は野川と交差する地点で橋となっているので、土手を行く私たちは橋の下をくぐり抜

けるようにしながら会話する。さきほど、かすかに聞こえた子どもの声をおもいだして、私は心を冷たくさせていた。悲壮感に満ちた声だったからだ。あれは幻聴だったのだろうか。私の耳には、こう聞こえたのである。

ママ、たすけて……。ママ……。

六十歳になる私の母は、毎朝、仏壇に手を合わせる。仏壇には私の父の写真と、祐子の写真とがならんでいる。あの一件で私は傷つけられたが、母もまた深い暗闇に突き落とされた一人である。だけど母は気丈にふるまい、自殺未遂を重ねる私の肩を抱きしめてくれた。母には感謝している。だからもうできるだけ心配をかけてはならなかった。母や妹の手を借りずに、また社会生活を自分だけで営めるようにならなくてはいけない。

幻聴らしきものを聞いてしまった、とは言いにくい雰囲気が我が家にはあった。母と私と妹で、また以前のように、テーブルを囲んでの食事ができるようになったというのに。幻聴が聞こえたということは、私の状態が悪化しているということだから。

しかし、少女の声は一度きりではおわらなかった。翌日、今度は母が散歩に付き添ってくれた。野川沿いは年配の方がよくウォーキングをしている。十五分ほど公園方

向へむかったおなじ場所で、また私の耳に少女の声が聞こえてきた。

たす……けて……。ママ……。

鳥のさえずりにまぎれて聞こえる。意識を集中しなければわからないほどの弱々しさだ。

「お母さん、何か聞こえない？」

「何かって？」

母が耳をすます。

「子どもみたいな声。ううん、何でもない。気のせいだったかも」

やがて母は、首を横にふる。子どもの声はつづいていた。どこから聞こえるのかはわからない。

私はためしに、両耳に手のひらを押しつけて音を遮断してみた。ごぉぉ、という音がする。筋肉の鳴動する音だ。子どもの声は、その他の様々な物音といっしょに聞こえなくなった。耳から手を離すと、また聞こえてくる。

ママ……、おねがい……、パパ……。

妹も、母も、その声は聞こえないという。母の場合、耳が遠くなっているという可能性はかんがえられないだろうか。しかし普段、生活していて、それらしい兆候はなかった。むしろ、私や妹が聞き逃したような、玄関チャイムの音に反応することだってある。やはり私の頭がおかしい、ということになるのかもしれない。それが現実的な落としどころだろう。

心配そうに見ている母に、大丈夫だから、とわらってみせる。

「昨日もこの辺りで、変な声、聞いた」

「薬はちゃんと飲んでるの？」

「飲んでるよ」

抗精神病薬は私の日常を手助けしてくれる大事な相棒となっていた。今日もドーパミン受容体に結合して、供給過多になったドーパミンの受容量を調整してくれている。

散歩を終えて帰宅しても、あの声のことをかんがえてしまう。部屋にこもり、ベッドに横になり、窓から見える隣家の屋根とテレビアンテナと青空を見つめる。私が結婚して家を出て行くまでつかっていた部屋は二階に位置する。離婚してしばらくは、祐子もこの部屋で寝起きをしたものだ。

部屋の隅に年代物のカセットデッキがあり、それを再生してみた。カセットテープのリールが回転し、祐子の声がスピーカーから流れ出す。ここで暮らした時期に、遊

びで録音したものだ。スマートフォンで手軽に録音もできる時代ではあったが、カセットデッキには別種の魅力があった。

祐子の歌声を聴く。自分に待ち受ける運命をしらないで、無邪気に娘は歌っていた。散歩中に聞こえた声の正体は、自分のたんなる幻聴なのか、それとも、そうではないのか。そうではない場合、はたしてあの声は何だったのか。私はそれが気になった。幻聴だとすれば、あの声は、死んだはずの祐子の声だとはかんがえられないか。だけど違和感がある。かすかにしか聞こえなかったが、どうもあの声は、祐子の声とはちがっている気がしたのだ。カセットデッキから流れる歌声と比較して、そのおもいは深くなる。あの声は祐子ではない。他の子の声だ。

それなら私は、だれの声を聞いたというのだろう。

といっても、幻聴の場合、それはおかしなことではない。聞き覚えのない声で話しかけられたり、責められたり、命令されたりするのはよくあることだ。私が一番、ひどかったときは、おなじ部屋に何人も透明人間みたいな存在がいた。布団にもぐりこんでいる私を彼らはのぞきこんできて、責任をとって死ぬべきだ、おまえこそ車に轢かれるべきだ、と言い続けたものだ。実際、私が自殺未遂を起こしたのは彼らに命令されたからだ。透明人間たちは、私の内面の投影だったのだろう。娘に対する罪の意識が、彼らを作り、言わせていたのだ、と今なら分析できる。

それなら今回の少女の声は、私のどんな意識が作用して、作り出した声なのだろう。祐子の歌が終わり、録音されていた箇所がすぎると、カセットデッキは無音になる。もっとたくさん、録音しておけばよかったとおもう。

散歩の度に、おなじ場所で私は声を聞いた。はっきりと聞こえる日もあったが、やはり付き添いの妹には聞こえていないようだった。妹だけではない。偶然に通りかかった犬の散歩をしている人や、ウォーキングをしている人にも、聞こえている様子は見られない。やはりそれは私にしか聞こえない種類のものらしい。毎回、おなじ場所で立ち止まる私のことを妹は奇異におもっていたことだろう。

声の発生源を私はさがしたかった。頭の中から聞こえてくるのだろうか？　あるいは、野川沿いに立ちならぶ家のどこかから聞こえてくるのだろうか？

「もう付き添いはいらないかも。散歩くらい一人で大丈夫だよ。携帯もあるわけだし」

ある日、私は妹と母に提案してみる。心配そうにしながらも二人は同意してくれた。付き添い無しで散歩をしたかったのには理由があった。私はこの幻聴かどうかよくわからない声に対して向き合いたかったのだ。もうすこしだけ、きちんとしらべてみたかった。それには一人で行動する必要がある。

調査の結果、やっぱりただの幻聴だということが判明し、私の頭が、ただおかしく

なっていただけだという確認がとれたらそれでいい。私の頭の中で完結する幻聴というのであれば何も問題はないだろう。それが一番の平和だ。

だけど、私の頭が正常であったなら、それは不幸なことだ。私の頭が正常であったなら、そこには実際に声を発した女の子がいるかもしれないという可能性につながってしまう。あの声が、どこから発せられたものなのかを突き止めて、何らかの手助けをしなくてはいけない。私の頭が正常であったなら……。そんなことを憂慮しなくてはいけないなんて皮肉なものだけど。

三

実際、死んだはずの祐子の声が聞こえていた時期もある。入院する直前、自宅で療養していたある日のことだ。

「ママ……、ママ……」

どこからか、祐子の呼ぶ声が聞こえてきたので、私はひどくおどろいた。まぎれもなくそれは娘の声だった。

「たすけて、ママ……」

私が彼女のことをおもいつづけていたから、また戻ってきてくれたのだろう。こういう奇跡もあるのだ。私は娘の声を当然のこととして受け入れた。どこにいるの？　姿を見たくて、その体を抱きしめたくて、部屋の中をさがした。ベッドの下、押し入れの奥、引き出し、どこにもいなかった。声のする方にちかづいても、声はまた遠ざかる。部屋の端まで行くと、壁の向こう側から聞こえてくる。祐子は外にいるのかもしれない。私は部屋を出て階段を下りた。玄関でサンダルを履いて、外に飛び出した。

「ママ……」

声のする方にむかって住宅地をあるいた。おもいのほか風がつめたくて、体がすぐにこごえてしまった。移動しながら、塀と塀の間や、生け垣の隙間など、野良猫しか通らないような場所に目をこらして、娘の名前を呼んだ。そういう場所で祐子がうずくまって泣いているんじゃないかという気がしていた。はやく見つけてあげなくては、またいなくなってしまう。焦燥にかられて私は必死だった。

すれ違う通行人が、私を見て、ぎょっとした表情になる。自分が化粧をしていないことに気付いた。髪もぼさぼさだ。通行人は厚手のコートを着ているというのに、私はあまりにも軽装で、くちびるも青くなっていたことだろう。

やがて娘の声が途切れて私は途方にくれた。神社に座りこんでいると、妹が駆けつ

けて上着をかけてくれた。私を見かけた近所の人が家に連絡したのだという。

「祐子の声がね、したんだよ……」

弁解しなくてはとおもい、私が言うと、妹は目に涙をためてうなずいていた。

元夫が祐子の手をつかんで道路にむかう後ろ姿をよくおもいだす。車の行き交う道路は三途《さんず》の川だ。彼は娘とともにそこを渡ろうとした。娘を連れて行ったのは、私への当てつけだろうか。一人ではさびしかったのだろうか。「また三人でやりなおせないかな」と言われたとき、うなずいておけばよかった。彼のプライドを傷つけないように配慮した返事をすればよかった。一生、屈服して暮らせばよかった。どんな悩みがあろうと、子どもを連れて行かれることにくらべたら平気におもえる。

上着の前を重ねて神社の境内をながめた。いつのまにか雪が降っている。白い粒がゆっくりと舞って黒々とした地面にたどりつく。ああ、今は冬だったんだ、とおもう。

散歩はいつも午後の時間帯におこなう。妹が高い頻度でそれに付き添ってくれていたのは、私が心配ということもあるのだろうが、もしかしたら、働いていないという負い目があって家に居づらいという理由もすこしはあったのかもしれない。散歩の付き添いはもういらない、と私が宣言した翌日、「働かずにくらす方法ってないのかなあ」などとぼやきながらハローワークへむかった。

いつもなら朝の決まった時間に私は薬を服用する。医者から処方された抗精神病薬だ。統合失調症や躁状態の治療に承認されている精神科の薬である。幻覚や幻聴の理由のひとつに、中脳辺縁系のドーパミン神経の過活動というものがあげられる。抗精神病薬にはそれをおさえる効果があった。状態がひどかったときは効き目のつよいものを飲んでいたが、最近は副作用がすくないかわりに効果のゆるいものを処方されていた。

散歩中に聞こえてきた子どもの声が幻聴であった場合、この薬が効いていないということになる。私に薬への耐性がついたのだろうか。薬の効果が切れはじめる時間と、午後の散歩の時間とが、ちょうど重なってしまっているのかもしれない。

手元にある白い錠剤は、少女の声が幻聴なのかどうかを判断する手がかりのひとつになり得る気がした。朝、薬の服用をあえておこなわず、錠剤をポケットにかくす。

私は次のような計画をたてていた。薬を飲まずに散歩に出かけて、まずは少女の声が聞こえるかどうかを確認する。聞こえてきたらその場で薬を飲み、少女の声の聞こえ方に変化があるかどうかを確かめる。少女の声に変化があれば、声は私の脳内のドーパミン受容量と関連があることになり、幻聴である可能性が高いと判断できる。

薬を飲まずに午後をむかえるのはひさしぶりだ。母と二人で昼食をとり、散歩の時間になると、手提げ鞄《かばん》に水筒を用意して、スニーカーを履いて外に出る。母が心配そ

うに見送ってくれた。

「何かあったら、電話するのよ」

「うん、わかってる」

その時点では比較的、落ちついていた。しかし野川沿いをあるきはじめて、散歩中の犬に吠《ほ》えられたことをきっかけに、根拠のない不安におそわれはじめる。

祐子を失った日のことがフラッシュバックして、無意識に声をもらしてしまう。定期的に投与していた抗精神病薬を中断した場合、一時的に状態が悪化すると聞いていたが、それかもしれない。一人きりで外をあるいている。その解放感が消えて、むしろ心細さや不安がおおきくなる。

足下ばかりを見てあるいていると、昆虫の死骸《しがい》に無数の蟻がたかっていた。野川にかかる橋の下をいくつかくぐり抜ける。魚の死んだような臭気が鼻についた。何もかもが死を連想させ、祐子の記憶に直結し、胸がつまる。それでも前進しているうちに、いつも少女の声が聞こえていた場所までたどりついた。

立ち止まり、耳をすますと、すすり泣くような声が聞こえてくる。

ママ……。

しばらくその声に耳をかたむける。聞こえ方はこれまで通り。薬を服用していないからといって、その声が明瞭《めいりょう》になっているということはない。周囲を見回したが、前後に野川と土手がのびているだけで少女は見当たらない。野川と土手をはさみこむように、一段高い位置に住宅地の地面があり、一戸建てが並んでいる。

　ママ……、ママ……。

　私はポケットから錠剤を取り出して口に含み、水筒の水で流しこんだ。薬が効きはじめるまでの時間、ここにいなくてはいけない。私の服用している薬は、一時間程度で血中濃度のピークがやってきて、その後、ゆるやかに何時間もかけて濃度が下がっていくことがしられている。

　野川の水面をながめながら、少女の声を聞く。あなたはだれ？　どこにいるの？　話しかけたら答えてくれるだろうか。しかしその様子をだれかに見られていたら、即入院だ。今のところは自重しておこう。途中、何人もの人が通りすぎたが、声に気付いて立ち止まる者はいなかった。三十分が経過、そして一時間が経過、少女の声は変わらずに聞こえていた。声のおおきさ、その内容、ほとんど変化がない。
脳内のドーパミン受容量とは無関係ということか。幻聴かそうでないのか、という

判断をするのであれば、そうでないという結論に一票を投じたくなる。幻聴ではない。すくなくとも、抗精神病薬が影響するようなものではない、と言うべきか。

電話に母からの着信があった。私を心配する内容だ。

「うん、もう帰るから。大丈夫だよ」

電話越しに言って私はその場を離れることにした。そろそろ帰る時間になっていたようだ。

だけどもうひとつだけ、やっておきたいことがある。野川沿いの土手から住宅地へと上がるための階段が一定の距離で設置されている。私はその階段をのぼって、一戸建ての並ぶ通りへと入った。妹や母が付き添いでいるときはできなかったこと。それは、いつもの散歩のルートから逸脱することだ。


ママ……。

少女の声に耳をすませながら移動する。聞こえなくなれば道を引き返し、声がするところまでもどる。そうして住宅地をぐるぐるとさまよっていると、祐子の声が聞こえた日のことをおもいだす。化粧もせず、髪もぼさぼさで、通行人にぎょっとされながら、娘がどこかにいることを疑ってはいなかった。祐子はもどってきてくれた。後

はただ私が見つけてあげるだけなのだと。そういう経験があるから、今度は慎重にならざるを得ない。私がまず疑うべきなのは、自分の頭の方だ。声が聞こえたからといって、それを事実とするべきではない。

少女の声が聞こえる範囲を特定し、その中心にある土地へたどりついた。野川沿いにならんでいる、どこにでもあるような一戸建ての建売住宅だった。築二十年といったところだろうか。窓は閉め切られ、カーテンも閉ざされている。郵便受けには配達されたものがあふれており、何日も取り出されていないことがわかる。車はないが、女の子用の三輪車が土埃《つちぼこり》をかぶった状態で駐車場の片隅に置かれていた。たぶんここでまちがいない。幻覚かどうかわからない声の発生源だ。

家の中から、声がする。

たすけて……。

玄関チャイムを鳴らすべきか迷った。その結果、どんなことが起きるだろう？　だれかが玄関に現れる？　それともだれも出てこない？　観察した印象では、だれかが住んでいるという気配がない。だけど私の耳には、あいかわらず少女の声が聞こえてくる。

ママ……、パパ……、さむいよ……。

目の前にある二階建ての家の奥に、はたして少女はいるのか？　駐車場に三輪車があるけれど、その持ち主こそが、声を発している少女なのだろうか？

家の前でうろうろしていると、隣の家から人が出てきた。回覧板を持った中年女性だ。目が合って、私に会釈をする。

「おとなりさんなら、何日も帰っていませんよ」

彼女は言った。その家に用事がある人間だとおもわれたらしい。好都合だ。私は質問する。

「こちらのお宅に、女の子がいませんでしたか？」

家族以外と話すのはひさしぶりで緊張する。目の前にいるこの人は私の様々な事情をしらないのだ。おかしな風に見られてはいけない。

「いますよ、三歳くらいの。四歳だったかな。今ごろ、お父さんとお母さんと、旅行中なんだとおもいます」

「旅行中？」

「どちらかのご実家にでも行ってるんじゃないかしら。最近、見かけませんし」

中年女性は当然のように言うが、女の子の声は継続して家の中から聞こえている。この切実そうな声が、彼女には届いていないらしい。私がだまりこんだのを見て、回覧板をたずさえた中年女性は立ち去った。

私は意を決すると、その家の玄関チャイムを人差し指で押してみる。しかし故障しているのか、家の奥で音が鳴っているような気配はない。玄関扉を開けてみようか。きっと鍵《かぎ》がかかっているとおもうけど。

いや、今日はもう充分だ。家を突き止められただけで上出来だ。帰って休もう。続きはまた今度、そう、たとえば、夜中にでも……。

四

帰宅すると母が安堵《あんど》した表情で私を出むかえてくれる。ひさしぶりの一人きりでの外出はどうだったかと聞かれたので、とても気持ちがよかったと話す。ほどなくして妹がハローワークからもどってきたが、顔色はすぐれなかった。待遇の良い職場はなかなか見つからないものらしい。

夕飯時に不穏なニュースをやっていた。情緒不安定な女が、勝手に人の家にあがりこんで、子どもの枕元に立っていたという事件だ。通報を受けて駆けつけてきた警官によって女は取り押さえられたらしいが、女は意味不明な言動をくり返しているという。私はそれを見ながら、他人事ではないよなあ、とかんがえる。情緒不安定な女の写真はテレビに映らなかったが、私のような顔つきだったのかもしれない。母も、妹も、食事の手を止めてそのニュースを見ていた。

夜が更けて自室にこもり、すこしだけ眠った。祐子の夢を見た。アラームの音で目が覚めると、深夜二時だった。

あの声が、私の頭がねつ造した幻聴ではなく、空気中を伝播《でんぱ》してくる音波だとすれば、私以外の人に聞こえていないのは奇妙なことだ。矛盾がないものを解とするなら、私の幻聴であるとかんがえるのが、一番、すっきりする。しかし、私は別の可能性を検討しはじめていた。

これはオカルトや神秘や虫の知らせといった類《たぐ》いの現象ではないのか。たとえばあの家には、何らかの原因で殺された女の子の死体が放置されているのではないか。その霊の声が私にだけ聞こえていたとはかんがえられないだろうか。

……妹や母には言えない話だ。私が本気の顔つきでそんな推測を口にしたら、二人

は血相をかえて医者に相談しに行くだろう。

　さて、出発だ。身支度を整えて、しずかに階段を下りた。玄関で靴を履く。手がふるえて、うまく紐《ひも》が結べない。薬の効果が切れている時間帯だ。私のドーパミン受容体は、薬への耐性にともない、受容量が常人にくらべて上方修正されている。緊張によって放出されたドーパミンによる強迫観念めいた思考のせいで、永遠に靴紐が結べないまま朝になるような気がして混乱する。声をあげてしまわないようにくちびるを噛《か》んで、靴紐を結ばないまま外に出た。

　夜風がすずしかった。空に月がうかんでいる。住宅地の家々は静まりかえっているが、野川沿いの草の茂みからは虫の声が聞こえてきた。私は少女の声が聞こえる場所へとサンダル履きでむかう。サンダル？　さっきまで靴紐を結ぼうとしていなかったか？　まあいい。靴紐が結べなくて、サンダルに履きかえてから玄関を出たのだろう。

　とにかく私は、あの家のことが気になってしかたなかった。ちかづいて窓をのぞかなくてはならない。カーテンの隙間から屋内が見えて、声を発している少女の死体が横たわっている様子が確認できるかもしれない。

　野川沿いの土手には外灯がないため、足下は極端に暗い。住宅地の外灯からもれる光と、月の光のおかげで、何とか転ばずに前進できた。

ママ……。

少女の声の聞こえる辺りまでやって来た。野川沿いから一段高い位置にある住宅地へと階段を上ったとき、足裏がちくちくするとおもったら裸足《はだし》だった。サンダルはいつのまに脱げてしまったのだろう。

裸足で住宅地を移動し、例の家の前にたどりつく。少女の声はつづいていた。屋内に住人がいるのかどうかは判別できない。駐車場に車がないため、家主は帰っていない状態だとかんがえられるが、元から車を所持していなかったという可能性も否定できない。窓は暗いままだが、これは不自然ではないはずだ。深夜の二時過ぎだし、だれかがいるとしても眠っている時間帯だ。

昼間だと通行人に見咎《みとが》められるようなことも、この時間帯なら闇にまぎれながら実行にうつせる。意を決して、裸足のまま玄関ポーチにむかう。足裏にうける感触が、アスファルトのざらついたものから、正方形のタイルのひんやりとしたものに変化する。扉の取っ手をつかんで開けようとするが、だめだ。鍵がかかっていてうごかない。

ママ……。

弱々しい声。早くその子を発見してあげなくては。そしてなぐさめてあげなくては。

頭の中に、あの日の出来事がうかぶ。片腕をつかまれて、祐子が連れて行かれるとき、咄嗟《とっさ》に私の体がうごいていれば……。もう一方の手をつかむことができていたなら……。

うずくまって呼吸をととのえる。フラッシュバックに押しつぶされている場合じゃない。声はあげなかった？　叫ばずにがまんできた？　周囲を見回す。家々の窓に明かりがついて、何事かと住人が顔を出す様子はない。よし、ＯＫだ。私は声を出さなかったらしい。

窓をさがそう。外壁に沿って移動する。家の横に塀との隙間があり、エアコンの室外機などが設置してある。室外機の上にからっぽの植木鉢がのっていた。浴室の窓らしきものがあったけれど、向こう側が見えるようなタイプの窓ガラスではない。通りすぎようとしたとき、臭いがした。鼻がまがりそうなほどの悪臭だ。換気扇がうごいている。浴室に何かがあるのだろうか？

そのとき、横から光が当てられた。暗闇になれた私の目には、痛みさえ感じられるほどのまぶしさだ。塀と外壁の隙間を、だれかがのぞきこんでいる。私にむかって懐中電灯の光をむけていた。

「……姉さん」

緊張でこわばったような妹の声がする。

「何してるの。帰ろう」

なんだ妹か。私は安堵しかけたが、事情を説明するために外壁と塀の隙間から出たところで、警戒心がつよくなる。妹の背後に、交番から自転車で駆けつけたとおもわれる警官がいた。中年男性と青年の二人組だ。おそらく母か妹が、部屋に私がいないことに気付いて、連絡を入れたのだろう。

家の前で彼らと対峙《たいじ》する。妹と二名の警官は私の足下に視線をむけていた。私は気まずい気持ちになる。

「サンダルがね、途中で、脱げちゃって」

しどろもどろになってしまう。どうやって説明したものかと、思考がまとまらない。三人の目が怖かった。彼らの目が鬼のようにつり上がっているわけではない。彼らはどちらかというと、あわれむような、何とも言えない顔つきで私を見ている。それが怖い。

たぶん彼らは、情緒不安定な女が深夜に町を徘徊《はいかい》しているのだと認識している。私は言わなければならない、誤解だということを。いや、誤解だろうか。実際のところ、彼らの方こそ正解なのでは？　少女の声は今もつづいている。それが三人に聞こえている様子はない。

「あの、私は、この家が、気になって……。女の子の声が……」

「姉さん、昼間もここに来てたよね」

「え？」

「心配だったから、お母さんと相談したの。私、ハローワークに行くふりをして、姉さんを遠くから見てたんだ」

これほど迅速に、ピンポイントでこの場所にいる私を発見できたのは、そういう理由があったわけだ。

「帰ろう、お母さんも心配してるよ」

妹の後ろで二名の警官が視線を交わす。どのようにうごくべきかをかんがえているようだ。私が逃げようとすれば、速攻でうごいてはがいじめにするだろう。そして病院行きかな。

「う、うん、わかったよ。帰ろう」

私はうなずく。冷静に見て、今の私は、様子がおかしい。そんなことくらいは、わかっているのだ。この場であばれたり、声を大きくしたりするのはだめだ。事情説明は今日でなくてもいいのかもしれない。あらためて妹と警察に相談すればいいじゃないか。この家の屋内にもしかしたら少女の死体があるかもしれない、という話を信じてもらえるかどうかはわからないが、家主を捜して子どもの安否確認だけでもしても

らえるはずだ。それで万事解決だろう。

「迷惑かけてごめんね、家にもどろう」

私がそう言うと、妹と二名の警官から、ほっとした雰囲気がただよう。しかし、そのとき、私は聞いた。


だれ……？　ママ……？　そこにいるの……？


私は家をふり返る。外壁と塀のほそい隙間と、奥の方に見える浴室のものとおもわれる窓を。

少女の声の内容に、はじめて変化らしきものがあった。まるで私と妹のやりとりが、聞こえているみたいじゃないか。

もしかしたらと、ある可能性をかんがえる。私の頭は正常だろうか。わからない。だけど、ほんとうにそうなのだとしたら、今ここで帰っていいものだろうか。

「姉さん、どうかした？」

「うん。あの、ごめんね。迷惑ばかりかけちゃって」

妹にそう言って、背中をむけると、私は家の方にむかって駆け出した。

体が重たくて、足が鉛でもつけられているように感じられる。外壁と塀の隙間に入

り、奥へとむかった。妹が私を呼び止めようと声を発し、持っている懐中電灯がゆれる。光が激しく行ったり来たりして、私の影が振り子のようにうごいた。エアコンの室外機にのっているからっぽの植木鉢が一瞬だけ照らされて闇にしずむ。私は駆け抜けながらそれをつかんだ。

警官二名があわてて追いかけてくる気配がある。家の裏側にまわりこむと、そこは荒れた庭だった。

リビングの窓とおもわれる縦長のガラスを発見し、持っていた植木鉢をたたきつけた。窓ガラスは音をたてて砕ける。閉じていたカーテンにあたって床の上に破片がおちる。手を突っ込んで鍵を開けるような余裕はない。割れたガラスの破片が窓枠にくっついていたが、気にせずくぐり抜けて室内に入る。顔に破片の先があたってひっかいた。裸足の足裏に痛みが走る。ガラス片を踏みつけたとき、いくつか刺さったようだ。

カーテンをはらいのけると、月の光が差した。目の前に他人の家のリビングが広がっていた。真っ暗な室内にテレビとソファーの輪郭だけが見える。ほとんど手探り状態で屋内を進む。目指しているのは浴室だ。外壁側からその場所のおおまかな位置を把握している。壁に手をはわせてそこにむかった。

廊下に出て闇の奥へと入っていく。手首のあたりで頬をぬぐった。窓を抜けたとき、

切ったらしい。出血しているらしく、ぬるぬるとした感触がある。
脱衣所へつづく入り口。洗面台と洗濯機、その先が浴室だった。折りたたみ戸に磨《す》りガラスを模した半透明のプラスチックがはまっている。浴室内もまた真っ暗で、ほとんど何も見えないけれど。

私の腕をだれかがつかむ。警官が背後にいた。ふりほどこうとしたが、男性の力はつよい。ふと祐子のことをおもう。元夫に腕をつかまれて、いやいやと首を横にふりながら連れていかれた娘のことを。自分の今の状態が、そのときの祐子に重なった。無理矢理に引っ張っていかれて、道路で轢かれるとき、どんなに怖かっただろう。これまでに幾度もその瞬間のことをかんがえた。数千回、数万回、あるいはもっと。かんがえない日はない。その度に胸がつまる。呼吸ができなくなり、涙がこみあげてくる。元夫は自分の生命と引き換えに、私を未来永劫《えいごう》、苦しめる傷跡をのこしていった。怒りとともに、かなしくなる。あなたの人生は何だったの？　何のためにこれまで生きてきたの？　そんなに私が憎かった？　離婚という形で反抗してみせた私のことを許せなかった？　様々なおもいが一挙に押し寄せる。

私は声をあげる。言葉ではない、原始的な声を。憤りともかなしみともつかない、彼に対し、最後まで大声で反論もできなかった、ふがいない私の、全身全霊の声だ。

突然、警官の手が外れた。解放してくれたわけではない。声に気圧《けお》されたというの

もあるかもしれないが、それにくわえて血ですべったらしい。頬からの出血を拭《ぬぐ》ったときのものが、私の手首にのこっていた。

途端に自由になり、尻《しり》もちをついた。すぐに起き上がり、浴室の折りたたみ戸へむかって体当たりする。浴室が開いた。

鼻先に悪臭が漂ってくる。浴槽に蓋がかぶせられていた。その隙間にシャワーホースがのびている。光がちらついた。背後から懐中電灯の明かりがむけられている。懐中電灯を持った妹が、警官たちの後ろからやってきたのだろうか。私は浴槽にちかづいて蓋をいそいで開けた。息を呑《の》む気配が後ろからする。

「ママ……」

弱々しい声だった。目はうつろで、何も見えてはいないようだ。衰弱がはげしくて、私が見下ろしていることにも気付いていないらしい。両手首と両足首にガムテープが巻かれている。浴槽内に引きこまれたシャワーからわずかに水滴がもれていた。それが少女の口元のそばに置かれている。それで喉《のど》の渇きを癒《い》やしていたのにちがいない。浴槽内でうずくまっている少女の肩にそっと触れた。わずかに身じろぎする。

「ママ……？」

生きている。間に合った。私の手は届いたのだ。少女の体はおそろしく軽かった。上半身を腕の中に包み込む。幻覚ではない、たしかな感触があった。

少女は救急搬送されて一命をとりとめた。どれほどの日数を浴槽内で過ごしていたのかを少女の口から聞くことはできなかった。もう一日か二日、発見がおくれていたら死んでいた可能性もあったという。あの晩、無理矢理に家の奥を確認しに行かなければ、どうなっていたかわからない。私にしか聞こえない声が、まだ生存している子どもの声かもしれないと判断したのはまちがいではなかったのだ。

少女の両親はそれぞれ別の場所で見つかった。母親の方は少女の置かれていた状況をしらなかったらしく、おどろいていたという。夫婦喧嘩《げんか》の末に家を飛び出して、遠くの町で一人暮らしをはじめていたそうだ。少女を浴槽に閉じこめていたのは父親の方だった。彼は子育てを放棄して恋人のマンションで暮らしていた。事情聴取によれば、娘はいないものとして、忘れたかったのだという。

父親は、娘の手足をしばり浴槽に閉じこめた。おおきな声をあげないようにと命令し、シャワーを浴槽内に引きこんで娘の頭のそばに置いた。わずかに水滴がもれ出る程度に調整する。少女は起き上がることのできない状態だったが、顔の横にできた水たまりをすすって生きのびたのだ。

そうした父親の行動の裏側にはどんな心理があったのだろう。食料がなければ少女はどのみち命をうしなっていたはずだが、そうなる前にもどってくるつもりだったの

だろうか。それとも、飲み水くらいは確保してあげることで、殺してしまうという罪の意識からすこしだけでも遠ざかりたかったのだろうか。ワイドショーで専門家が意見を述べていたが詳細はわからない。玄関チャイムのボタンが壊れていたのも、父親の仕業だったようだ。チャイムを鳴らされて少女が助けをもとめるために声を出すのをおそれていたらしい。

少女は浴槽内でトイレにも行けなかったが、浴槽の蓋のおかげで体温の低下をまぬがれていた。父親からの命令を守っているうちに、衰弱して声をはることができなくなったようだ。両親を求める弱々しい声は浴槽内部でかき消えるだけだった。だけど私にだけは、なぜかそれが聞こえた。

私もまた警察署に呼び出されて話をした。野川沿いを散歩中に少女の声が聞こえてきたことや、あの家を突き止めた経緯を説明する。ガラス窓を破って無理矢理に侵入したことについては謝罪した。切迫した状況だったことを理解してもらえたので、私は罪に問われないらしい。

なぜ私にだけ、声が聞こえたのだろう？　抗精神病薬のせいで聴覚が鋭敏になっていた？　いや、そんな副作用は報告されていない。理屈では割り切れないことだ。警察も、医者も、妹も、だれもがこの現象に首をかしげていた。子どもを失った私の心理と、救いを求める少女の祈りが、偶然に重なったのではないか、などと私の母は言

う。そういう奇跡があっても、ゆるされるはずだと。

「ごめんなさい。あの夜、ついに姉さんは深刻なところまで来ちゃったんだって誤解してたんだ」

　妹はあやまってくれた。私は首をふる。

「しょうがないよ。だって私、裸足だったからね」

　そんな状態で住宅地を徘徊して他人の家の外壁と塀の隙間に入りこんでいたら、それはやっぱり、連れ戻されてしかるべきだろう。妹を責められない。あの夜のことは私たちの間で笑い話となった。

　ガラス片で切った頬や足裏の傷はすぐにふさがった。身体的な痛みはすぐに癒えるからありがたい。抗精神病薬はまだ飲んでいるけれど、以前にくらべて気持ちが安定するようになった。少女との交流が良い影響をあたえているのだろう。

　私は妹に付き添われ、少女の入院している病室を頻繁にたずねるようになった。はじめのうち、その子は表情にとぼしかったが、日を重ねるごとに笑顔がおおくなる。本の読み聞かせをしてあげたり、手あそびをおしえてあげたりした。祐子にできなかったことを、いっぱいすることができて、あそびながら私は泣きそうになる。この子は祐子ではないし、私はこの子の親でもないけれど、私たちは寄り添っておたがいを

癒やすことが必要だった。

野川沿いの散歩はつづけていた。最近は、祐子といっしょにそこをあるいたときのことをおもいだすようになった。私の記憶の中で、祐子は蝶を追いかけ、わらっている。緑色の草におおわれた川縁《かわべり》を、彼女は風のように駆けていく。これからはたぶん、かなしい記憶だけではなく、たのしかった時間のことをも、おもいだしてあげられるのだろう。

おやすみなさい子どもたち

一

私は一人っ子だ。体が弱く、いつも本ばかり読んでいるような子だった。父は映画が好きで、私をよく映画館に連れて行ってくれた。母は歌うのが好きな人で、私がねむれないとき子守歌を歌ってくれた。雲間から光がふりそそぐような美しい歌声だった。私が死んだとき、父と母は、かなしんでくれただろうか。

大型クルーズ船の一室で子どもたちとトランプをしていたら、床をつきあげるような衝撃が船体をかけぬけた。壁が軋《きし》み、エンジンの振動が消えて無音になる。傾きはじめた船にアナウンスが響いた。沈没のおそれがあることや、船員の指示にしたがって救命ボートに乗らなくてはならないことが語られる。

「アナ、こわいよ」

私の名を呼びながら、トランプのカードを捨てて年下の子どもたちがしがみつく。私を入れて総勢七人のグループだった。一番の年長だったので、キッズスクールをサポートする大人たちから、グループリーダーに任命されている。

「嘘だよ。こんな大きな船が沈むわけないよ」

子どもの一人が言ったけど、それは強がりだとわかる。目を不安そうにしていたからだ。

私たちは部屋を出て救命ボートのある甲板を目指した。船はどうやら船首側に傾いている。原因は何だろう。座礁したのだろうか、それとも氷山にでもぶつかったのだろうか。通路を移動している最中、傾きが急になり、船体が負荷に耐えられなくなったのか、ばきばきとすさまじい音がした。まるで世界が引き裂かれるかのような音だった。

子どもたちが悲鳴をあげる。私もおそろしかったが、子どもたちの手をにぎりしめながら「大丈夫よ」と声をかける。彼らのことは血を分けたほんとうの弟や妹のようにおもえていた。守ってあげなくてはならない。

甲板に出ると、人々が手すりにしがみついていた。すべり台のような角度の床にふんばって船員たちが誘導している。救命ボートは大きさが五メートル程度で、普段は

甲板の壁にいくつも並べて設置されていたものだ。船員の手により一艘《そう》ずつ短いクレーンによって甲板に横付けされ、避難客を乗せた後、海面へと下ろされている。子どもや女性を優先的に乗せてくれるらしく、船員は私たちを見ると、はやく乗れと手招きしてくれた。

「こわいよ！　こんなちいさなボートに乗りたくない！」

子どもたちが泣くので、それをなだめてボートに乗せる。

最後に私が乗りこもうとしているときだ。救命ボートを吊《つ》っていた数本のワイヤーのうち一本が切れた。救命ボートがブランコのように揺れる。私は姿勢を崩し、足をすべらせてしまった。

「アナ！」

子どもたちが悲鳴をあげた。吊ってある救命ボートから海面まではおよそ二十メートルほどの高さがあり、私はそこを落ちていった。

着水の瞬間、全身をかたいものでぶたれたような衝撃がおそう。

上下する波の狭間《はざま》で私はもがいた。濡《ぬ》れた服が重くて手足がうごかない。海水が顔にかかって鼻や口に入ってくる。大型船の横っ腹が目の前にそびえていたが、周囲の水を引き連れて沈もうとしている。その渦に私の体は巻きこまれた。大量の泡とともに、冷たい海へと私は引きずりこまれてしまう。

息がつづかない。恐怖と混乱。そして私は意識を手放した。

頭の中を、これまでの人生の断片的な映像がよぎった。それは無作為に抽出されたかのような記憶の連なりだった。

おさないころに遊んだ場所の光景。

父とボール遊びをした。

母とテニスをした日の夕焼け。

スポーツの特待生となってお祝いをしてもらった夜。

恋人と車の中でキスをしている場面……。

……おかしい。私の人生に恋人なんていなかった。まともに異性とキスをしたこともないのに。父とボール遊び？　母とテニス？　したことなんかない。そもそも、父と母の顔立ちがちがっていた。スポーツの特待生？　私はスポーツとは無縁の人生だったはずだけど？

「ストップ！　ストップ！」

女性の声が聞こえる。

いつのまにか泡の音は消えていた。全身にかかる水圧や冷たさもない。

かわりに、目の前にスクリーンがあった。からからと映写機の回る音がする。周囲が明るくなると、私のいる場所がわかった。どうやら映画館の中だ。しかもすこし古い建物で、足下は板張り、座席もクッションではなく木製の椅子だ。私はさっきまで海にいたはずだが、なぜこんな場所にいるのだろう？　体も濡れていないし、あれは夢だったのだろうか？

「問題が起きたようです。走馬燈《そうまとう》を中断します」

私のすぐ隣に女性が座っていた。白色の肌に直毛の金髪、瞳《ひとみ》は青色だ。飾り気のない白色の服に身を包んでいる。

走馬燈？　影絵が回転しながら映るように工夫された灯籠《とうろう》のことを確かそう言うはずだ。死に際の人が自分の人生の様々な場面をほとんど一瞬のうちにふり返ることがあるというけれど、それらのことを走馬燈体験とも呼んでいた気がする。

「アナ。あなたの名前はアナで、あっていますね？」

金髪の女性がたずねる。声がうまく出せず、うなずきで返答した。女性は手元の書類を見る。

「あなたは海難事故に遭って、海に沈んだ。おぼえていますか？」

「あ、はい……」

書類には私についての情報が記されているらしい。他人にそう言われて、やはりあ

れは事実だったのだろうかとおもう。女性はすまなそうな顔で言った。

「走馬燈の内容とあなたの人格との間に不一致がありました。ごめんなさい、どうやら他の人のフィルムを上映してしまったみたい」

「フィルム？」

「無作為に抽出した記憶の断片をつないだものです。走馬燈フィルムの制作と上映をするのが、私たち天使の仕事なんです」

「え、天使？」

「そう、天使です。私は天使のイサベル。あなたのアテンド係です」

確かに目の前の女性は、私の抱いている天使のイメージにちかい外見をしていた。頭上に輪っかもなく、羽もないけれど、芸術品をおもわせる美しさだ。白色のひらひらした服を着ているし。

「ここですこし待っていてください」

そう言うとイサベルはどこかへ行ってしまう。劇場の出入り口のほうから声が聞こえる。数人の天使的な外見をした者たちが顔を寄せ合って話をしていた。私の方を、ちらちらと見ているので、不安で心細い気持ちになる。イサベルがもどってきて言った。

「上映係の天使と話をしてきました。アナ、何かの手違いで他の人の走馬燈が届けら

れてしまったようです。ひとまずここを出ましょう。次の人のために走馬燈の上映をしなくては。さあ、立てますか？」

私はよろめきながらイサベルと名乗った女性の案内にしたがって移動する。出入り口で私と入れ違いに、天使的な外見の女性に手をひかれながら青年が劇場内へと入ってきた。その顔には見覚えがある。船であいさつを交わしたことのある青年だった。

「私はいったい、どうなったんですか？　まちがいなく船に乗っていましたし、海に落ちましたよね？」

私はイサベルに質問したが、彼女の回答は半ば予期していたものだった。

「落ちついて聞いてくださいね。アナ、あなたは死んでしまったのです」

映画館のロビーは蜂蜜《はちみつ》色の淡い光に照らされている。照明のガラスに黄色のステンドグラスが使用されているためだ。壁は漆喰《しっくい》で、数カ所に鏡が飾られている。人間と天使的な外見の者たちが、二人一組で行列をつくってならんでいた。全員が無言でおごそかな雰囲気だ。

「ここは、死後の世界なんですね……」

「死者の国の入り口、あるいは門のような場所です」

「死んだら映画館に連れてこられるなんて」

かなしみよりも、戸惑いの方がおおきい。

「すべては概念であり形而上《けいじじょう》のものです。この場所が映画館であるように見せているのは、あなた自身です」

「どういう意味です？」

「あなたの経験に一致するイメージをとって認識されているのです。私の言葉も、あなたへの理解が容易い形に変換されているはずです。まあ、いいでしょう。アナ、それよりもあなたの走馬燈フィルムはどこに行ったのかしら。なぜ、他の人の走馬燈が上映されてしまったのかしら」

「……私といっしょにいた他の子たちはどうなりました？」

救命ボートに乗りこんだ年下の子どもたちのことが気になっていた。

「確認をとってみましょう」

イサベルはロビーに備え付けられている電話でどこかに連絡する。私を手招きして「その子たちの名前をおしえてください」と聞かれたので一人ずつ伝えた。

受話器を置いてイサベルは私を見る。

「その子たちもじきにここへ来るでしょう」

「そんな……」

「あなたが海に転落したことで、子どもたちは恐慌状態に陥り、大人たちの制止を聞

かずにうごいてしまい、救命ボートが空中でバランスを崩したそうです。結果、何人かが溺《おぼ》れる可能性が高いとのこと。現在の状況から、そのような未来が推測されています」

「未来？　じゃあ、みんなはまだ、死んではいないんですか？」

「いま語った顚末《てんまつ》は、現時点でもっとも可能性の高い未来の話です。このような遠回しな言い方をしているのは、天界と現世とでは時間の進み方がだいぶ異なっているからなんですよ」

　イサベルの説明によると、天界と呼ばれるこの場所は、全人類の死者の数に応じて時間の流れが逐一、変化しているのだという。今、全世界で一秒間におよそ一・八人の人間が死んでいる。しかし、死者の国への門……、つまり走馬燈を上映できる映画館はこの一カ所にしかない。死にゆく者たち一人ずつに走馬燈を見せなくてはいけないため、普通だったら捌《さば》ききれずにこの場所は死者たちでパンクしてしまうだろう。そうならないように、この場所の時間の流れは非常に速く、相対的に現実世界の時間の流れは非常に遅くなっているという。

「走馬燈フィルムの長さは人によって異なりますが、平均三十分程度あります。上映フィルムの交換や人の入れかえに五分かかるとした場合、一人の死者につき三十五分、つまり二千百秒かかります。ですから……」

イサベルはすこしかんがえて回答する。

「あなたが暮らしていた世界で時計の秒針が一秒を刻む間に、こちらの世界の時計は一時間進むわけです。そのように時間の流れ方を調整することで、地上から連れてこられる死者たちを円滑に捌けるというわけです。ちなみにロビーでならんでいる時間はこの計算に含んでいません。彼らは死にゆく者たちの影のような存在で、本質の部分はまだ地上の肉体に残っていますから。それはさておき、アナ、まだあなたが海に落ちて死んでしまってから、それほど時間は経過していないんですよ。まだ地上は、あなたの脳に酸素が送られなくなって脳死状態になった直後なんです」

どうやら今この瞬間、現在進行形で救命ボートの子どもたちは恐慌状態に陥りかけているらしい。このままいけば数秒後、クレーンで吊り下げられたボートはバランスを崩すことになる。天使たちはそのように推察しているそうだ。

「私が落ちたせいだ……」

みんなを守ることができなかった。悔しくて涙がこみあげてくる。イサベルは私の肩を抱いてそばのベンチに座らせてくれた。

「泣かないで。人間はだれもが死ぬのです。ご覧なさい」

イサベルは映画館の正面玄関を指さす。様々な人々がずらりと外まで列をつくっていた。外は夜だ。赤色や青色の星がまたたいている。古い駅舎らしきものが丘の上に

あり、そこに停車している蒸気機関車から人々が降りてくるところだった。様々な人種、様々な年代の者たち。丘の上から映画館まで来る途中、一人ずつ天使が彼らのそばに寄り添ってくれていた。

「一人の死者を、一人の天使が案内するのです。おぼえていないでしょうが、あなたもあんな風にやってきて、私に付き添われ、このロビーでならんで待っていたのですよ。すべての人間が、この先の劇場内で走馬燈を見て、自分の人生をふり返り、それから消えて行くのです。あなたもそうなるはずだったのですが……。アナ、探しに行きましょう、あなたの走馬燈フィルムを。このトラブルがなぜ生じたのかをしらべなくてはいけません」

「でも、自分の走馬燈なんかどうでもいいです。見なくてもかまいません」

私のことを姉のように慕ってくれていた子どもの顔を一人ずつおもいだして嗚咽《おえつ》がこみあげてくる。自分が死んでしまったことよりも、彼らを死なせてしまうことへのショックのほうがおおきい。

「あなたのかなしみはわかります。ですが私たち天使は、そうもいかないのです。仕事なんですから。走馬燈探しを手伝っていただけませんか？　もし手伝っていただけるのなら、そうですね、交換条件として、救命ボートの子どもたちを救うのに手を貸してもいいですよ」

　イサベルは慈愛のこもったまなざしで私を見ている。

「すでに死んでしまったあなたを生きかえらせることはできませんが、まだ救命ボートにいる子どもたちならば、何とかできるかもしれません。でも、走馬燈のトラブルが解決しない限り、私はそれ以外のことができないのです。主との間に交わした契約の関係でそう定められているのです。だから急ぎましょう。こちらの一時間が、むこうの一秒間。数時間のうちに問題を解決しなければ、子どもたちが海へ投げ出されてしまいます」

　あの子たちに救出の可能性がのこされている？　それは私の人生で最良のニュースだった。人生はすでに終わっていたけれど。イサベルと名乗った天使の言葉に私は希望を見いだした。

「走馬燈探し、手伝います……！」

　私は立ち上がって宣言した。

二

イサベルは映画館の裏口へとむかう。うす暗く長い通路を抜けた先で、紐《ひも》を通した木の札を取りだし、私の首にかけてくれた。札には私のしらない文字で何かが書いてあり、天使の翼をおもわせる絵が描かれている。

「天界への入場許可証です。なくさないでくださいね。それをかけていないと、捕らえられて神の火で焼却されますから」

「焼却……!?」

「不法侵入した悪魔の使いだとみなされるのです。悪魔は私たちの邪魔をするのがお仕事ですから。さあ、アナ、ここが天界です」

イサベルが映画館裏口の扉を開ける。外はまぶしくて目がくらんだ。映画館正面は夜だったのに、なぜかこちらには陽光がふりそそいでいる。白色の靄《もや》が立ちこめていたが、どうやら正体は雲だ。大小様々な雲が地面すれすれを流れている。足下は緑色の芝生で、石畳の道が伸びており、サファイアやルビーの色をした鳥たちがさえずりながらあそんでいた。

巨大な建造物が遠くにいくつか見える。神話の世界をおもわせる造りだが、これらもまた形而上のもので、私の記憶や経験がそのように見せているだけなのかもしれない。私とは異なる宗教観を持った人がここに立てば、異なる風景が広がっているのだろう。

「さて、まずはどうしましょう」

イサベルは私にたずねる。

「こういうことは滅多にないので、どのように問題を処理すればいいのかがわからないのです。人間は、なくしものをしたとき、どこを探しますか？」

なくしものというのは、私の走馬燈のことだろう。

「私だったら、それを置いていた場所を探しますけど……」

「なるほど。それならまずは、走馬燈の保管庫へ行ってみましょう」

流れてくるちいさな雲をよけながらイサベルがあるきだし、私はそれについていった。雲はぶつかっても特に支障はなく、肌がひんやりとする程度だが、彼女にならって身をかがめてよける。様々な肌と髪の色をした天使たちとすれ違った。女性だけでなく男性もいるが、全員、顔がきれいだ。イサベルがいくつかの建物の説明をしてくれる。天使としての教育をおこなう校舎や図書館があり、大学の敷地みたいだなとおもった。

「さあ、見えてきました。あそこです」

走馬燈の保管庫は小川を渡った先にある円形の建物だった。装飾のなされた円柱が外壁にそってならび、フィルム缶らしきものを抱えた大勢の天使たちが出入り口を行き交っている。彼らは私たちのそばを通りすぎて映画館の方へとむかっていた。彼らの持っていたフィルム缶はひとかかえもある銀色の円盤状のケースだ。中に走馬燈の

フィルムが入っているのだという。

「地上でだれかが瀕死《ひんし》状態になれば、こうして走馬燈が運び出されて映画館に届けられるというわけです」

「ここに全員分の走馬燈があるんですか？」

円形の建物を見上げて私は聞いた。

「そうです。全人類の走馬燈がすべてここで管理されています」

保管庫の管理をしている天使にイサベルは話しかけ事情を説明する。私は入り口から建物内をのぞきこんでみた。木製の棚がひしめいており、銀色のフィルム缶が積み上げられていた。奇妙なことだが、建物の大きさを超えて内部は広く、通路の奥の方は霞《かす》んで見えない。実際の距離、物理法則などは、ここでは意味をなさないのかもしれない。

イサベルと話していた天使がどこかへ行き、またもどってくる。二人ともむずかしそうな顔だ。

「アナ、さきほどあなたが映画館で見たのは、同姓同名の他の人の走馬燈でした」

「だから、走馬燈の中で、父や母の顔がちがっていたんですね」

「フィルム缶を運び出す天使が、手違いでここから運び出してしまったのでしょう。でも、それならここに、あなたの走馬燈がのこっているはずですよね」

「たしかに、そうなりますね」

「だけど、どこにも見当たらないの。おそらくそのせいで、同姓同名の他の人の走馬燈が運ばれてしまったのね」

なぜだろう？ だれかが紛失した？ だれかが盗んだ？

「私の走馬燈がここから消えた時期を特定することはできませんか？」

保管庫の管理をしている天使がうなずいて、どこかへ消えた。

「監視カメラの映像記録か何かがのこっているんですか？」

「編集係の天使にたずねてみるのでしょう」

「編集係？」

「回収されたフッテージを受け取り、テープで継ぎ足す役目の天使です」

「フッテージというのは……？」

「人間たちから回収された記憶の断片のこと。フィルムの切れ端のようなものをイメージしてください。走馬燈はフッテージをひとつなぎにしたものです」

ここに保管されている走馬燈の持ち主たちはまだ生きており、彼らが死ぬまで走馬燈のフィルムはすこしずつ長くなっていく。日々、記憶の断片は天使によって回収され、走馬燈という映画の材料になるのだ。私の走馬燈を担当していた編集係に聞けば、フィルム缶が見当たらなくなった時期も特定できるはずだ、とイサベルは言った。

しばらくして保管庫を管理する天使がもどってきた。

「台帳を確認しましたが、あなたの走馬燈の編集を受け持っていた天使はいませんでした。一度もこの場所にフッテージが届けられた記録もありません。つまり、紛失したのではなく、はじめからここにはなかったようです」

私はイサベルと目を見合わせる。私の走馬燈は消えたのではなく、最初からなかった？

「フッテージの回収係に問い合わせてみましょう」

イサベルは言った。私たちはフィルム保管庫を後にする。

風にのって流れてくる雲の間を私たちは移動した。

「走馬燈がない、というのは、ありえないことなんですか？」

「すべての人間のために走馬燈のフィルムが作られています。それが私たち天使の仕事なのです」

「いろいろな係の天使がいるみたいですね」

「役割を分担して主のためにはたらいています」

「さきほどおっしゃっていた、フッテージの回収係というのは？」

「地上で人々から記憶の断片を回収し、天界へと持ち帰ってくる天使たちです。彼らは一人の人間に寄り添い、その人が誕生した瞬間から死の瞬間まで見守り続けます」

「生まれてからずっとそばにいるんですか？」

「ほとんどの人間たちは気付いていませんが、一人につき、一人の天使がついているのです。勘のするどい人は、その存在を感じ、守護天使がついているのだとおもいこむみたいですが」

「私にもついていたんですか？」

「その天使を探し出して、なぜあなたのフッテージが回収されていないのかを問い詰めてみましょう。フィルムの継ぎ足しがおこなわれていなかったということは、もしかしたら回収係が仕事を怠っていたのかもしれません」

イサベルはあるきながら腕組みをする。

「仕事をしない天使は、怒られたりするんですか？」

「怠惰の罪で神の火により焼却されます」

「……きびしいですね」

花が咲きほこる湖のそばで天使たちが休んでいた。音楽を奏でている者もいれば、歌声を披露する者もいる。その様子は美術館に飾られている絵画のようだった。

天使の歌声に、なぜか郷愁のようなものを感じて、胸がはりさけそうになる。立ち止まり耳をすませたい誘惑にかられたが、救命ボートの子どもたちのことをおもうと、じっとしている時間はない。

フッテージ回収係の建物は教会をおもわせる建築物だった。正面入り口を抜けると大理石の空間が広がる。ステンドグラスを通り抜けた光が、壁や床を赤や青や緑に染めていた。天井はアーチを組み合わせたような、いわゆるコウモリ天井だ。アーチの先がそのまま柱となって無数にならんでいる。奇妙なことに、柱と柱の間にひとつずつ、懺悔《ざんげ》室らしき木製の箱が設置されていた。こんなにたくさんの懺悔室がどうして必要なのだろう。

革袋を首から提げた天使たちが行き交っている。何につかうのかはわからないが、みんな銀色の鋏《はさみ》を片手に持っていた。彼らがフッテージ回収係なのだろうか。懺悔室を出たり入ったりをくり返している。

「みんないそがしそうです。話を聞いてくれる回収係が見つかりません」

「どこかに記録がのこっていませんか？　人間の社会では、パソコンの中に名簿なんかが保存されているんですけど、天界にもそういうのはありますか？」

「台帳をしらべてみましょう」

イサベルは壁際の本棚へむかった。本棚の台帳には、全人類、一人ずつの名前と担当の天使について記録されているらしい。地上に人間の魂が生まれ落ちた瞬間、この台帳に名前がひとつ増えるという。天使たちはそれを確認して、自分がどの人間に寄り添うのかを把握するそうだ。

「私も手伝います」

「天使にしか読めない文字で書かれているんです。大丈夫、十分程度でおわりますよ」

私は懺悔室のひとつに寄りかかって作業のおわりを待つ。本棚の前で台帳をめくっているイサベルの横顔にステンドグラスの光がさしていた。彼女の鼻筋の曲線や花びらのようなくちびるを見つめる。おかしな臨死体験だなとおもった。

人間は死ぬ寸前、トンネルのような場所を通過したり、光を見たり、ブーンという耳障りな音を聞いたりするという。それらは臨死体験と呼ばれ、走馬燈体験もその中のひとつに数えられていた。人によって生じる臨死体験は様々らしいが、こんな風に天使と交流するケースは滅多にないはずだ。

そのとき、私の肘《ひじ》が、懺悔室をおもわせる木製の箱の扉のレバーのようなものにあたった。突然に扉が開いて、私は中にたおれこみ、尻《しり》もちをついてしまう。目の前で扉がしまり、閉じこめられてしまった。小窓から光が差しこんでいたので幸いにも真っ暗ではない。

「イサベル！」

私が助けを呼んだ直後、木製の箱が、がたがたとうごきだした。体がふわりとうかぶ。落下しているらしい。それは懺悔室などではなく、エレベーターだったのだと気付いた。小窓から外を確認すると、エレベーターは雲の間をまっすぐに降下していた。とん

でもない高さを落ちている。生きた心地がしなかった。すでに死んでいるわけだが。

二十秒ほど悲鳴をあげていると、速度がゆるやかになりエレベーターが停止する。どこかに到着したらしい。扉が開くと、私は目を疑った。

見慣れた雰囲気のうすよごれた町が広がっている。ここは、地上だ。ファーストフード店の看板や自販機や公衆電話ボックス。路上にこびりついたガムや空き缶。しかし、異なる点がある。人々がマネキンのようにうごかないのだ。おしゃべりをしているカップル、ジョギング中の青年、タクシーを降りようとしている男性、全員が固まったようになっていた。

よく見ると、鋏を持った天使たちが何人もいてうごきまわっている。彼らは人間にちかづいて、人間の胸のあたりから何かをつまんで引っ張りだしていた。それは映画のフィルムだった。皮膚や服をすり抜けるように、体内から映画のフィルムが引きずり出されている。天使たちは持っていた鋏をつかって、フィルムの一部を、ぱちん、とカットした。ひとつまみのフィルムの断片が天使の手にのこり、その切れ端を大事そうに革袋へしまう。それから天使たちはテープを取りだし、人間の胸につながっているフィルムをつなぎあわせ、切った部分を補修していた。元通りになったフィルムは、するすると体内に戻っていく。

「ああやって記憶の断片を回収しているのです」

いつのまにか私の後ろにイサベルが立っていた。別のエレベーターに乗りこんで追いかけてきてくれたらしい。

「あの切れ端をつないだものが、走馬燈のフィルムになるんですか？」

「はい。革袋がいっぱいになると、天界にもどり、フッテージは編集係の天使へと受け渡されます。編集係の天使はそれらを、走馬燈の保管庫にあるそれぞれのフィルムへと継ぎ足すのです」

「あの、ここは……」

私は周囲に視線をさまよわせる。

「あなたがかつて住んでいた世界です。時間の流れ方の関係で、ほとんど停止しているように見えるでしょう？　だけど実際は、すこしずつうごいているんですよ」

「今この瞬間も、遠くはなれた海では、船が沈みかけているんですか？」

「はい。あなたの冷たくなった肉体も海中に漂っているはずです。おっと、気をつけて、アナ。通行人にぶつかりそうですよ」

私は犬の散歩をしている女性に接近しすぎていた。

「首から提げている札のおかげで、あなたは今、天界の住人とおなじようにふるまうことができています。でも、天界の住人とはいえ、人間に見つかるときは、見つかってしまうのです。過去には、人間に捕らえられた天使もたくさんいます」

「人間に恋をして、自ら姿を見せて、いっしょに暮らすことにした天使もいると聞きました」

「なぜ、そのことをしっているのですか？」

「そういう古い恋愛映画があるんです」

イサベルによればそのような天使のことを、人間堕《お》ち、と呼ぶらしい。人間堕ちは現世で暮らす肉体を手に入れるかわりに、寿命と死の束縛が待っているという。永遠の命ではなく愛する人を選ぶなんて素敵だなと私はおもう。しかしイサベルはそうおもわないらしい。

「仕事放棄みたいなものです。主よ、異性と幸福になろうとする彼らに天罰をお与えください」

イサベルはそう言うと神に祈りを捧《ささ》げはじめる。何か個人的な恨みのようなものを感じずにはいられなかったが、詳細を聞くことはためらわれた。話題を変えることにしよう。

「切った箇所をテープで補修していましたけど、日常生活に問題はないのでしょうか？」

すこしはなれた場所で、また別の天使がフィルムの断片を回収している。体から出ているフィルムは、おそらくその人の記憶の象徴なのだろう。これらは形而上の現象

で、私が理解しやすいイメージに見えているだけだ。映画が発明される以前の時代だったなら、また異なる見え方をしていたのだろう。

「テープの補修が雑だった場合など、記憶の齟齬《そご》を感じることがあるようです。たとえば、目の前の光景が、すでに見たことのある光景のように感じられたりして」

「私たち、それをデジャヴと呼んでいました！」

まさかデジャヴの原因が、天使たちによる記憶の採集だったなんて。

そこでふと気付く。実を言うと、私自身はデジャヴというものを体験したことがなかった。そういう現象のことは知識としてあるのだが、私自身に起きたことは一度もない。嫌な予感がした。それはつまり、天使の手によるフッテージの回収がおこなわれていなかったことを意味するのではないだろうか……。

エレベーターで天界へもどり、イサベルに台帳確認の続きをお願いした。作業がおわると彼女は台帳を閉じて首を横にふる。

「だめでした。アナの名前が記載されていません。あなたの人生に寄り添っていたはずの、フッテージ回収係の天使についても不明のままです。困りましたね」

「台帳に名前がないのは、よくあることなんですか？」

「いいえ。地上に人間の魂が誕生すれば自動的に記載されるはずなんです。親による

名付けがおこなわれる前は魂を見分けるための文字列が表示され、名付けの後は自動的にその人の名前に変換されます」

「イサベル、ためしに私の体からフィルムを引き出してもらえますか？　フッテージを回収した形跡、つまりフィルムをテープでつなぎ合わせた箇所があるかどうかを見てほしいんです」

「わかりました。やってみましょう」

　イサベルはうなずくと、私の正面に立つ。

「痛くないですか？」

「安心してください」

　イサベルの右手が私の胸に押しあてられる。まるで水中へもぐりこむみたいに、彼女のほっそりした指先が心臓のあたりに沈んで見えなくなった。指が私の胸の裏側をさぐり、引き抜かれる。ほそながい映画のフィルムがつままれていた。痛みはないが、私の体からするするとフィルムが引き出される様は、見ていて気持ちのいいものではない。

「ランダムに数カ所の範囲を調査してみます」

　彼女の手の中で、フィルムが高速でスライドした。私の体からフィルムが滑り出て、彼女の指先を経由し、また体内へと巻き取られていく。やがて彼女はため息をつくと、

フィルムから手をはなす。

「テープで補修された形跡はどこにもありません。あなたのそばには一度も天使がついたことはなかったのかもしれません。台帳に名前がなかったせいで、天使たちはあなたの存在を感知せず、フッテージの回収がおこなわれなかったのかもしれません」

しゅるしゅると音をたてながら、フィルムは私の胸へともどっていった。手をあてて確認してみたが、皮膚に穴はあいておらず、体に異常はない。イサベルがむずかしい顔で腕組みをして言った。

「アナ、一時的にあなたを拘束します。あなたは人間ではない可能性があります」

三

天界の外れの寂しい場所に岩山があり、そこにおごそかな雰囲気の灰色の建造物があった。外観は装飾性を廃した砦《とりで》のような建築で、その正体は、神の火で悪魔の使いを焼くための場所だという。私がそこへ連れて行かれたのは、私の正体を確認するための設備があるからだ。拘束用の牢獄《ろうごく》があるため都合も良いらしい。

拘束するとイサベルに言われたときはおどろいたものの、手錠をかけられたり、縄でしばられたりはしなかった。それまで通りの口調でイサベルは私を灰色の施設へと案内する。走って逃げることもたぶんできたのだが、そんなことはしない。天使たちに追いかけられるのは怖かったし、それをやったところで救命ボートの子どもたちがたすかるわけではない。イサベルに言わせると、私は人間ではないかもしれないらしい。走馬燈がなかったのはそのせいだ。それならば私は何だというのだろう。

灰色の建物の周辺は草木のない殺風景な場所だった。イサベルに連れられて入り口へ向かっていると、天使たちが巨大な檻《おり》を運んでいる。檻の中には人間とおなじサイズの黒色の生命体が座っていた。

「あれが悪魔の使いです。先日もまた、一四、まぎれこんでいるのが見つかったのです。これから焼却が行われるのでしょう」

その生命体は卑しい笑いをうかべながら周囲の天使たちに口汚い言葉をくりかえしている。耳をおおいたくなるような内容だ。世界中のありとあらゆる罵詈《ばり》雑言、そして人種差別、身分差別、性差別、障害者差別をおもわせる内容の言葉をまきちらしている。まともに聞いていたら気が滅入《めい》って自殺してしまいそうだ。

「よく、まぎれこむんですか？　あんなのが？」

「今は一目で悪魔の使いとわかる姿になっていますが、発見したときは天使の形をと

り、他の天使を誘惑していたのです。あるときは、フッテージの回収係の鋏に姿を変えて人間の社会へともぐりこんだこともあります。これから死にゆく人間のふりをして映画館にならんでいたことも」

「イサベルは、私が悪魔の使いかもしれないとかんがえてるんですね？」

「念のためです」

「私は、悪魔の使いなんかじゃありません。もう一回、今度は念入りに記憶のフィルムをしらべてもらってもかまいません」

「その記憶もすべてねつ造かもしれない。悪魔の使いなら、私たちを謀るため、人間の記憶を丸ごと複製して自分の中に入れておくことさえできるのです」

台車に載せられた檻が建物の奥へと運ばれていく。イサベルがそれについて行くので、私も後を追いかけた。灰色の建物の中は、ひんやりとして、はりつめた雰囲気がただよっている。建物中央に大広間があり荘厳さに圧倒された。装飾性にとぼしい外観とは一転して豪華絢爛《けんらん》な造りは、どこかの宮殿の謁見の間をおもわせる。玉座が見当たらないことに違和感を抱くほどだ。壁や柱や天井は細部にいたるまで模様が彫られており、金細工や銀細工がそこら中にあしらわれている。

天使たちは大広間の真ん中に檻を運ぶと、円を描くように立ちならび、遠巻きに悪魔の使いを見つめる。黒色の生命体はずっと差別主義者的発言をくり返して醜悪な内面

をさらけだしていたのだが、何かの気配を感じたのか、その言葉が途絶えてしずまった。

「さあ、はじまりますよ」

イサベルが言った。どこからか賛美歌が聞こえてきて、天井から白色の光が差す。何もないところから綿毛のような純白の羽毛が出現してゆっくりと舞いながら降ってきた。檻の中の黒色の生命体が急に怯《おび》えはじめる。救いをもとめるような声を発したかとおもうと、炎さえ見えないほどの一瞬のうちにそいつは灰となった。

賛美歌が聞こえなくなり、天使たちがからっぽになった檻を片づけはじめる。

「これが神の火による焼却作業です。あっという間でしょう？　さあ、行きましょう、アナ。次はあなたの番かもしれませんが、きっと大丈夫ですよ」

イサベルが私を見て、ふふ、と笑う。何が大丈夫なんですか、と私は文句を言いたかったが、不安で言葉も出てこない。今の私が焼却処分されるということは、魂が消滅するということなのだろうか。海に沈んで死の恐怖を味わったというのに、さらに次があるのは理不尽だ。

黒色の生命体だった灰は、檻の隙間からこぼれおちて床にちらばった。天使がそれを掃除している。イサベルに連れられて私は大広間を後にした。

殺風景な通路を移動し、建物の端の方にある小部屋に入る。そこにいた天使にイサ

ベルが話しかけて事情を説明すると、部屋の奥から年代物の銀板カメラのようなものが運び出されてきた。私は言われるままに壁際へ立たされ、カメラで全身を撮影された。どうやらそれが、私の正体を判定するための方法だったらしい。

「現像にすこし時間がかかります。それまでここでお待ちください」

イサベルに案内されて石造りの階段を下る。地下には牢獄が連なっていた。悪臭に満ちており、長くいると体が腐っていきそうな場所だ。牢獄のひとつに入れられ、出入り口に鍵《かぎ》をかけられる。鉄格子をはさんでイサベルと対話した。

「さっきの写真は何だったんですか？」

「あなたから出ているオーラの色を見るための道具です」

「オーラ？」

「あなたが悪魔の使いだった場合は、写真に写っているあなたの周囲に、黒色のもやもやが写るのです」

「人間だった場合は？」

「輪郭部分に赤と青の線がすこし入ります。人間でなくとも、すべての物質からそういうオーラが出ているんですけどね。生前、あなたにも見えたことはありませんか、赤と青の輪郭が。あれは人間の瞳《ひとみ》や脳の色収差の補正機能がたまに働かなくなって見えているわけではないのです」

「私が悪魔の使いだった場合、焼却されるんですよね？　たとえそうなったとしても、救命ボートの子どもたちを何とかしてくれますか？」

「あなたが悪魔の使いだったなら、救命ボートの子どもたちの存在も疑わしいでしょう」

「映画館のロビーで確認をとったじゃないですか。電話をつかって、どこかに連絡をいれて、人間界の状況を調べてもらったはずです。救命ボートの子どもたちは、いるんです」

「でも、その子たちがあなたの手下で、すべては演出されたプランという可能性もありますから、困りましたね……」

　イサベルは腕組みをする。他の牢獄はどうやらからっぽで、この周辺には私とイサベルしかいない。悪魔の使いがどこかに入れられていたら、先ほどのように、口汚い言葉を連呼するからすぐにわかるだろう。

「そもそも悪魔たちは、みなさんにどういう嫌がらせをするんですか？」

「彼らは走馬燈のフィルムを穢《けが》そうとするのです。上映後、編集して主へと献上しなくてはならないのに」

「主に献上？　主って、神様のことですか？」

「はい。人間の魂が死者の国へ旅立った後、のこされた走馬燈のフィルムは、他の方

のフィルムとつなぎ合わされ、巨大なひとつながりの長い長い物語になるのです」

「他の方のフィルム？」

「すべての人間の走馬燈のフィルムですよ。これまで生まれてきて死んでいったすべての人類の記憶です。人類の最後の一人が死ぬまで私たちの仕事は続けられ、人間という種の長い長い物語をひとつなぎに編集し、それを主に献上するのです。主が人間をお造りになったのは、そのためなんです」

「私たち人間は、神様が観る長い長い映画を作るために存在しているんですか？」

「そういうことになります。私たち天使は、撮影スタジオで働いているスタッフのようなものかもしれません」

　途方もない話だ。かつて存在したすべての人間の走馬燈のフィルムをつないだら、上映時間はどれくらいになるのだろう。フィルムのリールの直径は惑星ほどの大きさになるのではないか。神様は何のためにそれを欲しているのだろう。もしかしたら暇つぶしの娯楽か何かだろうか。

　牢獄の冷たい床に座りこんで、オーラ判定写真の現像を待つ。イサベルは鉄格子の向こう側で腕組みをしてじっと立っている。私を監視しているという印象はなく、話し相手としてそばについてくれているようだ。救命ボートの子どもたちのことが心配だった。こちらの世界の一時間は、地上ではおよそ一秒程度だという。私とイサベル

が行動を共にするようになり、体感で一時間半ほどが経過しているから、地上では一秒半というところか。もうじき、子どもたちは恐慌状態になり、救命ボートはそのせいで大きくゆれて、何人かが海に転落する。いや、もうすでに海へ投げ出されてしまったかもしれない。

私は膝《ひざ》をかかえて泣きたくなる。クルーズに出発するとき、同じグループの子どもたちの親が、港の桟橋で手をふっていたのをおもいだす。これから船が沈没することもしらないで、自分の子どもたちを笑顔で見送っていた。私は子どもたちの親に申し訳ない気持ちになる。みんなを守り切ることができず、死なせてしまうのだ。子どもたちがパニックに陥るのも、私が足をすべらせて海に落ちたせいだ。それなら私が殺したも同然じゃないか。

「アナ、なぜあなたは船にのっていたの？」

イサベルが聞いた。

「キッズスクールの旅行に参加したんです」

「キッズスクール？　それはどういうものです？」

「休日に子どもたちが集められていろいろなレクリエーションをするんです。暇つぶしですよ。ボードゲームで遊んだり、キャッチボールをしたり、たき火をしたり。ボランティアの大人たちが付き添いで見てくれているんです」

キッズスクールに入ったらどう？と私に提案したのは母だった。学校の他の子たちがスポーツに夢中になっているというのに、私だけ部屋で本ばかり読んでいるのを心配していたのだろう。父もその提案には賛成していた。父と母は、私が死ぬことをかなしんでくれるだろうか。二人のことをおもいだして胸がしめつけられる。

どれくらいの時間をここで浪費してしまうのだろう。私は不安になってきた。牢獄に鼻歌のメロディーが流れる。イサベルではない。気をまぎらわせるため、無意識のうちに私はハミングしていた。イサベルが腕組みを解いて鉄格子のすぐそばに立っている。すこしおどろいたような顔で私を見ていた。

「その歌は……？」

「お母さんがよく歌ってくれた子守歌です。お母さんは、お母さんのお母さんにおしえてもらったそうです」

「聞き覚えがあります」

「地上で聞いたんですか？」

「いいえ、天使たちがよく湖の畔《ほとり》で歌っているメロディーに似ています」

そういえば、先ほど天使たちが湖のそばで歌を歌っていた。郷愁を感じたのは、母の子守歌に似ていたせいだったのかもしれない。

「アナ、もしかして、あなた……」

そのとき足音がちかづいてきた。さきほど、オーラ判定写真を撮ってくれた天使が牢獄の並んでいる通路を移動してくる。天使は私をちらりと見て微笑んだ後、持っていた長方形の板をイサベルに見せる。そこには私を撮った写真が貼られていた。

「ああ、やっぱり……」

イサベルは写真を私にむけてくれた。緊張気味の表情で立っている私の全身が写っている。彼女の話によれば、悪魔の使いだった場合は黒色のもやが写るはずだ。しかしそんなものは見当たらない。そのかわりに私の輪郭からは、白色の光がゆらめくように立ち上っていた。

「これって……？」

私は悪魔の使いではないという証明になっただろうか。

しかし人間の場合は、赤色と青色の線が入るのではなかったのか。

「白色のオーラが写っているんですが、いったい……」

イサベルが錠を取りだして牢獄の扉を開けてくれる。私は解放してもらえるらしい。

彼女は私の手をとってにぎりしめた。

「ほら、見て。あなたの背中から出ている白色のオーラ、まるで翼が生えているみたいでしょう？　天使を撮影すると、こんな風に白色の翼みたいなもやもやが写りこむのです」

彼女の言葉の意味がすぐにはわからなかった。イサベルは気にせずに話をつづけた。

「おそらくあなたの何代か前に、人間堕ちがいたのでしょうね。その血が隔世遺伝して、あなたに色濃く発現してしまったのでしょう。人間の魂ではなかったから、台帳への記入もおこなわれなかった。そのため私たち天使は、あなたの存在に気付くのがおそくなってしまったみたい。あなたの人生が終了するその瞬間になってようやくこんな風に存在を把握したの。私たちは同じ種族、あなたは人間社会で生まれた天使だったのです」

四

私たちは映画館にもどった。報告を受けた七人の大天使たちが、私をどうすべきかの話し合いをおこなうらしく、それが終わるのを待たなくてはならなかったのだ。ちなみに大天使たちは天界よりもさらに上層のレイヤーに存在しているらしく、姿を見ることはできないが、会議の結果は映画館ロビーに設置された電話を通じて届けられるという。私はその古めかしい電話の前を行ったり来たりしながらあせっていた。あ

まり時間をとられると、救命ボートの子どもたちが心配だ。

「あなたの処遇が決定したら私の仕事も終わりです。子どもたちを救いに行かなくてはなりませんね。今のうちにその準備を整えておきましょう」

イサベルが私に提案する。本来、天使が現世の人間たちの運命に干渉することはないらしいが、干渉を禁じられているというわけでもないらしい。しかし、天使は物理的な存在ではないため、人間堕ちして肉体を得ないかぎりは、直接的に何かをしてあげることはできないという。それなら、どうやって救命ボートの子どもたちを救うというのだろう。イサベルにはプランがあるらしい。

「アナ、さあ、そこの鏡の前に立って……」

壁の一部が鏡になっている場所に私は立たされる。彼女に言われるまま、私は救出作戦にひつような準備をおこなった。

映画館ロビーにはあいかわらず列ができている。死にゆく人間たちと、寄り添う天使たちがならんでいた。全員が沈黙しているため、衣擦《きぬず》れの音さえよく聞こえる。列の後方は正面玄関の外へつづいていた。外は暗く、空にかがやく色とりどりの星々が見える。丘の上の駅舎に、ちょうど機関車が到着するところだった。また大勢の死にゆく者たちを地上から運んできたのだろう。中には赤ん坊もいる。他の者たちが一人きりで機関車を出てくるのに対し、赤ん坊は天使の腕の中に抱かれた状態である。幼

い子どもは特別に天使たちが連れてきてくれるものらしい。

「赤ん坊がいますね」

「彼らは走馬燈を作るための充分なフッテージを回収する前に死んでしまう存在です。そういう子どもたちのために天使はいつも特別なフィルムを用意しています」

「特別なフィルム？」

「その子のお父さんとお母さんの走馬燈を借りてくるんです。映画館の列に並んでいる間に、フィルム編集係の天使たちが大急ぎでそれをつなげるの。できあがった走馬燈には、その子のお父さんとお母さんが映っていて、どんな風に出会い、その子が産まれてきたのかがわかるようになっています。天使の腕の中で、幼い子どもたちの魂は、お父さんとお母さんの映画を観ながら眠りにつくのです」

またひとつ上映が終了し、フィルム交換の時間になる。列の先頭にならんでいた死者と天使のペアが劇場へと入り、列がほんのすこしだけ進む。

上映後にロビーへ出てくるのは、なぜか天使だけだ。いっしょに劇場内へ入った人々は、どこへ消えたのだろう。

ロビーに設置された電話機がなった。受話器を耳にあててイサベルが応答する。

「はい、わかりました。彼女にはそのように伝えます」

大天使の会議が終わったらしい。その結果を伝えるための電話だった。イサベルは

通話を終えると私にむきなおる。

「大天使様はおっしゃっています。アナ、あなたには二つの選択肢があるようです。ひとつは他の者たちと同じように死者の国へとむかうこと。もうひとつは、天界で主との雇用契約を結ぶこと」

主との雇用契約？　オーラ判定写真の結果を受けて、私にはどうやらその資格があると大天使たちは判断したらしい。私の祖先に人間堕ちとなった天使がいたのだと説明をされたが、私にはよくわからない。人間に恋をして、肉体を得て、愛する者といっしょに老いて死のうとする天使の映画を観たことがあったけれど、もしかしたらそれは私の御先祖様がモデルだったのだろうか。

すこしだけかんがえて、私は、どちらにするかを決めた。

映画館を出て地上へとむかうことにする。まずはイサベルとともにフッテージ回収係の建物へ急いだ。地面すれすれを流れている雲を突っ切って直進した。荘厳な教会をおもわせる建築物に駆けこみ、懺悔室のような木製のエレベーターに飛びこむ。落下にともなう浮遊感があり、明かり取りの小窓に目をやると、雲が高速で下から上へと過ぎ去っていくのが見えた。

目的地は海、沈みかけている船の甲板だ。私の走馬燈フィルムに関するごたごたが

解決し、子どもたちの救出へとむかうことができる。イサベルは銀色の鋏と革袋をたずさえていた。それこそが彼女の提案した救出プランにひつようなものだった。

「アナ、ほんとうによかったんですか？」

エレベーターの箱の中でイサベルが言った。

「死者の国は安息の地だと聞いています。天使の仕事に追われるより、よほど気楽かもしれませんよ？」

「まずは仕事のやり方をおぼえなくてはいけません。イサベル、これからもよろしくお願いします」

「ここは娯楽もすくないです。地上の暮らしを経験したあなたに、耐えられるでしょうか」

「でも、天使の仕事をやっていたら、父と母にまた会えるかもしれない」

私を産み育ててくれた両親を、駅舎で出むかえるのだ。先に死んでしまったことをあやまろう。そして伝えるのだ、愛していたと。そのチャンスがあるだけでも契約を結ぶ価値はあるはずだ。

「それに、学校の友だちとも再会できるかもしれないし、世界中の有名人だっていつかはあの映画館に来るわけだし」

イサベルは腕組みをして、あきれ顔で私を見ている。やがてエレベーターの落下速

度がゆるやかになり完全に停止した。扉が開くと、傾いている甲板の数十センチほど上にエレベーターの箱は宙づりになっている。私とイサベルはジャンプして船の上に降りると、救命ボートの方へいそいだ。

天界時間でうごいている私には、地上の時間があまりにもゆっくりと進むため、ほとんど停止しているように見える。波の水しぶきの雫《しずく》の点々が克明に観察できた。沈みゆく船が作るこまかな泡のひとつひとつが、割れることなく時間の中に閉じこめられている。傾いた甲板で足をすべらせて転んでいる最中の乗客がいた。その人のそばにも天使がいる。乗客や船員の一人一人のそばに、銀色の鋏と革袋をたずさえたフッテージ回収係の天使たちが寄り添っていた。彼らはただ事態のなりゆきを見守っている。

船首が海に沈んでいるため、スクリューのある船尾にむかって甲板は上り坂のようになっている。左《さ》舷《げん》の途中に人だかりが見えた。短いクレーンが海にのばされ、数本のワイヤーによって救命ボートが宙づりになっている。見覚えのある光景だった。私が子どもたちを乗せた救命ボートでまちがいない。作業している船員と、この後につづく救命ボートに乗るための乗客たちが周辺でひしめいていた。全員が悲壮感に満ちた表情をしている。

「すこし前に、彼らは、海へ転落した少女の姿を目撃したのです。あなたのことですよ、アナ」

甲板に横付けされた救命ボートは隙間もないほどに人が乗っている。その中に子どもたちの顔があった。キッズスクールで私のことをほんとうの姉のように慕ってくれていた年下の子どもたちだ。ボードゲームで遊び、お誕生日会でおたがいを祝ったことをおもいだす。子どもたちは他の人を押しのけるようにしながらボートの縁から海を見下ろしている。泣いている子が大半だ。二十メートルほど下の海面に手をのばしている子もいた。届かないとわかっていても、沈んでいる私にむかって手をのばさずにはいられなかったのだろう。

ここは私が沈んでいる場所の真上だ。死んでしまった直後の私の肉体が水中にあるはずだ。確認してみたい気持ちもあったが、今は他にやるべきことがある。私の転落を目撃した子どもたちは恐怖と混乱で今にも爆発しそうな状態だ。

救命ボートの周囲に数名の天使たちが浮かんでいる。ボートに乗っている者たちの人生に寄り添っているフッテージ回収係だろう。薄い生地の衣をなびかせながら、彼らは直立した状態で空中を移動している。

「アナ、あなたはまだ飛ぶことができませんから、ここにいてください。後は私がやります」

「よろしくお願いします。あの子たちをたすけて」

私を船の甲板にのこしてイサベルは手すりを飛びこえる。彼女の体は海に落ちるこ

となく、何もない足場を踏んであるくように、吊られている救命ボートへと接近した。周囲にうかんでいる天使たちがイサベルに呼びかけて、何をするのかと聞いた。イサベルは説明しながら、恐慌状態に陥る寸前の子どもの一人へと手をのばした。

イサベルの指先が、子どもの胸へともぐりこみ、フィルムをつまんで引っ張り出す。銀色の鋏を使用して、胸につながっているフィルムをカットした。続いて彼女は、革袋に手を突っ込んで、用意しておいたフィルムの断片を取り出して、カットした部分に挿入する。テープで補修してひとつなぎの状態にすると、フィルムは子どもの胸へと吸いこまれて消えた。これで一人目はおしまい。しかしまだ子どもたちは五人もいて、一人ずつにおなじことをしなくてはならない。

周囲に浮かんでいた天使たちがイサベルの作業を見ていた。手伝いましょうか、と声をかけてくる。イサベルは礼を言いながら、用意していたフィルムの断片を他の天使たちに配る。天使たちはフィルムの断片を確認すると、甲板でなりゆきを見守っている私の方を見た。

「これは、あなたの記憶ですね」

天使の一人が問いかける。私はうなずきを返した。まぎれもなくそれは私自身の記憶であり、イサベルが私の胸からフィルムを引き出して回収したフッテージである。そこには、映画館のロビーの鏡にむかって話しかける、私自身の姿が記録されているのだ。

「みんな落ちついて。私は海に落ちてしまったけど、気にしなくていいからね。まずは深呼吸をして、頭をひやしてね。救命ボートでじっとしていれば、すぐに助けがくるからね」

私はうったえかけた。暗くならないように笑顔をこころがけながら、必要以上に悲嘆すべきではないことを子どもたちに言い聞かせた。

「公共の乗り物を利用するときは、周囲の人に迷惑がかからないようにって言ったよね。みんな、おぼえてる？ 救命ボートだって公共の乗り物だとおもわない？ ちゃんと座席について、立ったりしたらいけないよ？ ゆらすのは絶対にだめ。しっかり座ってなさいね。みんな、大好きよ」

イサベルによれば、その記憶が子どもたちの胸におさまったとき、まるで私が心の中に呼びかけたかのように感じるらしい。これで完全に恐慌状態を回避できるという保証はないが、いくらか沈静の効果は期待できるはずだという。

このプランに問題があったとすれば、無言でおごそかな雰囲気の映画館ロビーで、

鏡にむかって話しかけなくてはならなかったことだ。まわりが静かだったから私の声は響いてしまい、すこし恥ずかしかったのである。

周囲の天使たちの手を借りて、子どもたち全員の胸の中に、私のフィルムの断片がおさまった。これでみんなは落ちついてくれるだろうか。なりゆきを見守るために私とイサベルはその場にのこった。

体感で一時間以上も待ってみて変化がある。イサベルが最初にフッテージを挿入した子どもが、かすかにおどろくように目をひらきはじめた。瞳の奥に光を宿し、こわばっていた顔が、次第にやわらかくなる。パニックに陥りかけていた他の子たちにも同様の変化が生じた。

「うまくいったみたいですね」

イサベルは空中浮遊しながら救命ボートの子どもたちを一人ずつ観察し、私の隣に降り立つ。最悪の未来はどうやら回避できたらしい。

「でも、心配です。何事もなくみんなが救助されるまで見ていることはできませんか？」

「だめです。私の休暇がなくなってしまいます。次の仕事の予定が入っているんです」

すべてを見届けるには、体感で数千時間ほどここにいなくてはならない。いや、もっとかかるかもしれない。さすがにそれはできないと言われた。もう大丈夫だと信じ

ることにして、天界へもどることになった。

　手伝ってくれた天使たちにあいさつし、斜めに傾いた甲板をもどる。木製のエレベーターに乗りこみ、沈みかけの船と、私が愛した世界を見わたした。海に沈んだ私の肉体が発見されることはあるのだろうか。魚たちの餌となって世界の一部になっていくのだろうか。生きのこった子どもたちは私の最期について両親に話してくれるだろうか。

　イサベルがレバーを操作すると、扉が閉まり、天界にむかって上昇を開始した。私たちが乗った木製の箱は、ぐんぐんと高くなり、雲の中へと突入した。
そして私は、天上の住人となった。

　食事もせず睡眠もとらずに私たち天使が活動できるのは、肉体の束縛から解き放たれているせいだろう。天界のあらゆる光景は、私が認識しやすいように、過去の経験に沿ってイメージ化が行われているという。たとえば死にゆく者たちは機関車によって運ばれてくるのだが、その光景は、生前に読んだ有名な小説の一場面に由来しているのかもしれない。死にゆく者たちが訪れるという形のない現象を、わかりやすく自分自身で理解するため、すでに脳内にあったイメージによって補完しているのだ。それでもこの場所は美しい。芝生の上をすべるように流れていくちいさな雲。その合間

で遊んでいる宝石のような色合いの鳥たち。湖の周囲に咲きほこる花々。仕事の合間に天使たちが奏でる音楽や、歌声や、諳《そら》んじる詩。

天使たちはいくつかの仕事を分担しているが、千年おきに配置換えがおこなわれるそうだ。私もいつかは地上でだれかの人生に寄り添いながら走馬燈の断片を回収するのかもしれない。フィルムの補修が下手なときはデジャヴが起きたように感じるらしいため、今のうちに練習しておかなくてはならないだろう。

最初の仕事は、イサベルとおなじアテンド係だった。資料を渡され、映画館や駅の周辺でその人物の到着を待つ。私が受け持つことになった死者は十歳の少女だった。暗い目で足下を見ながら駅を出たところに立ちすくんでいた。少女といっしょに行列にならんで映画館ロビーに入る。照明のガラスが蜂蜜の色をしていたので少女の頬もほんのりと黄色くなった。

　順番が来て劇場内へ移動する。少女の隣に座ると、映写機の回る音とともに走馬燈の上映がはじまった。私たちの頭上を光の帯がのびてスクリーンに像がうかびあがる。天使がその子の人生に寄り添い、回収したおもいでのかけらが、ひとつなぎになっていた。彼女の人生は幸福なものだった。両親に愛され、誕生日にはおもちゃを買ってもらった。友だちと歌いながらたのしそうにあそんでいる。

　スクリーンから照りかえしてくる光によって、隣にすわっている少女の顔が見える。

しかしその姿は形而上のものであり、実際のところその子自身は、生と死の曖昧《あいまい》な肉体の内部で走馬燈を見ているのだという。

スクリーンに花火が映し出される。少女の住んでいる町のお祭りの記憶だ。色とりどりの光のきらめきは祝祭をおもわせる。それから少女は、とある病気に身体を蝕《むしば》まれていく。走馬燈の最後の方は病室の光景がおおくなった。泣いている母と父、はげましあう姿がある。

ついに上映がおわり映写機の光も消えてしまうと劇場は完全に暗くなった。自分の手も見えないほどの闇だ。少女がおびえたように肩をふるわせ、その気配が伝わってきた。魂がこちら側にやって来たらしい。私はその子の肩に手をそえる。

「大丈夫よ、何も心配しなくていいからね」

私がささやくと、少女の体から安堵《あんど》するように緊張が消えた。吐息とともに、何かほどけていくような弛緩《しかん》する気配がある。手に感じていた、その子の肩の感触がすっとなくなる。劇場の照明が点灯して周囲が明るくなると、もう少女の姿はそこになかった。死者の国へと旅立ったのだろう。私は立ち上がり、蜂蜜色の淡い明かりに照らされるロビーへと出て行く。

私はそれから何人もの死にゆく者たちに寄り添った。あるときは戦争に出兵した青年の走馬燈を目にする。その子が生を受けて、愛情深く育てられていた様と、両親を

爆撃で亡くし、絶望と憎しみを身の内に宿らせる人生を見つめる。彼は兵士に志願し、走馬燈の最後の方では数発の銃弾に貫かれていた。劇場が暗くなり、ついに死者の国へ行くという瞬間、彼はようやく苦しみから解き放たれたかのようにほっとしていた。一生を一人の女性に捧げた老人の走馬燈をながめた。彼の人生は愛にあふれており、最期の日はたくさんの孫に看取《みと》られていた。子どもをかばって車に轢《ひ》かれた父親もいた。彼はずっと孤独に暮らしていたが、子どもができてほんとうの愛をしった。最期の瞬間、子どもを守ることができたことに誇らしさを抱いて消えた。障害を持って生まれた子どももいた。差別や偏見と戦った女性もいた。好きな人に想いをうちあけられないままだった青年もいれば、いくつもの恋をした女の子もいた。

あらゆる人生、そのどれもが祝福に満ち、悲哀にあふれている。

すべてのフィルムは星々のように輝き、私の胸をいっぱいにさせた。

走馬燈がおわるとき、私はいつも泣いている。それから暗闇の中で、死にゆく者に寄り添い、ねぎらうように声をかけるのだ。

おやすみなさい、子どもたち。

おやすみなさい、人間。

おやすみなさい、やすらかに。

解説

宮部《みやべ》みゆき

この著者名には見覚えがないという方でも、ミステリーやホラーや青春小説の読者であれば、本書の雰囲気に、ふと一人の作家の名前を思い浮かべるのではないか。その勘は正しい。熱心なファンのあいだでは周知の事実だそうだが、本書の著者「山白《やましろ》朝子《あさこ》」は、『夏と花火と私の死体』や『ＧＯＴＨ』などで知られる作家・乙一《おついち》さんの別ペンネームなのである。びっくりですよね。でも、職業作家を続けてゆくうちに、それまで自分が創ってきた作風とは違うところで勝負してみたい、新しい筆名で新たな自分を作りたいと思うようになる気持ちはよくわかる。

とはいえ、本書はまぎれもなく乙一ワールドの作品だ。全八篇、淡いユーモアとファンタジーと恐怖を絶妙に配合した八杯のカクテル。そのベースは蒸留水のように透明で混じりけのない「悲しみ」だ。残念ながら日々社会のどこかで起きている災害や事故や事件——運命の非情や、人間の身勝手な欲望や悪意、愚かさが引き起こす、か

けがえのないものの喪失による悲しみ。それを静謐《せいひつ》な言葉で綴《つづ》り、結末に安易な救いを設けず、失われたものは戻らないけれど、それを悼む私たちの人間性はけっして失われないものだと語りかけてくる。表題作は、別れた夫の手で愛娘《まなむすめ》を殺害され心を砕かれた主人公の女性が、ある不可思議な現象を通して現実のなかへ帰還する姿を描いている。巻頭の「世界で一番、みじかい小説」はライトなゴースト謎解き譚《たん》だが、タイトルの由来を読めばここにも大きな喪失の悲劇が隠されていることがすぐわかる。東日本大震災で妻子を失った男の心情を描く「トランシーバー」の悲痛な優しさ。巻末に置かれた唯一の書き下ろし（単行本時）「おやすみなさい子どもたち」にある天上の存在が現れるのは、本書の登場人物たちと、彼らの悲しみを読み通した読者の双方を祝福し、救済を祈るためではないだろうか。

（「読売新聞」２０１８年３月25日付書評より）

本書は、二〇一八年二月に小社より刊行された
単行本を加筆修正のうえ、文庫化したものです。

私《わたし》の頭《あたま》が正《せい》常《じよう》であったなら

山《やま》白《しろ》朝《あさ》子《こ》

令和３年　１月25日　初版発行
令和６年　10月30日　７版発行

発行者●山下直久

発行●株式会社KADOKAWA
〒102-8177　東京都千代田区富士見2-13-3
電話　0570-002-301（ナビダイヤル）

角川文庫 22506

印刷所●株式会社KADOKAWA
製本所●株式会社KADOKAWA

表紙画●和田三造

●お問い合わせ
https://www.kadokawa.co.jp/（「お問い合わせ」へお進みください）
※内容によっては、お答えできない場合があります。
※サポートは日本国内のみとさせていただきます。
※Japanese text only

ISBN 978-4-04-110904-5　C0193

角川文庫発刊に際して

角川源義

第二次世界大戦の敗北は、軍事力の敗北であった以上に、私たちの若い文化力の敗退であった。私たちの文化が戦争に対して如何に無力であり、単なるあだ花に過ぎなかったかを、私たちは身を以て体験し痛感した。西洋近代文化の摂取にとって、明治以後八十年の歳月は決して短かすぎたとは言えない。にもかかわらず、近代文化の伝統を確立し、自由な批判と柔軟な良識に富む文化層として自らを形成することに私たちは失敗して来た。そしてこれは、各層への文化の普及滲透を任務とする出版人の責任でもあった。

一九四五年以来、私たちは再び振出しに戻り、第一歩から踏み出すことを余儀なくされた。これは大きな不幸ではあるが、反面、これまでの混沌・未熟・歪曲の中にあった我が国の文化に秩序と確たる基礎を齎らすためには絶好の機会でもある。角川書店は、このような祖国の文化的危機にあたり、微力をも顧みず再建の礎石たるべき抱負と決意とをもって出発したが、ここに創立以来の念願を果すべく角川文庫を発刊する。これまで刊行されたあらゆる全集叢書文庫類の長所と短所とを検討し、古今東西の不朽の典籍を、良心的編集のもとに、廉価に、そして書架にふさわしい美本として、多くのひとびとに提供しようとする。しかし私たちは徒らに百科全書的な知識のジレッタントを作ることを目的とせず、あくまで祖国の文化に秩序と再建への道を示し、この文庫を角川書店の栄ある事業として、今後永久に継続発展せしめ、学芸と教養との殿堂として大成せんことを期したい。多くの読書子の愛情ある忠言と支持とによって、この希望と抱負とを完遂せしめられんことを願う。

一九四九年五月三日